U0119174

大漠謠

卷三 情飛祈連山

桐華 著

目錄

大漠謠

第二十六章 傷情

劉徹退讓了，霍去病贏了，可這算怎麼一種勝利？
胸口疼痛，眼睛酸澀，淚盈於睫。
我抬頭望天，天邊一彎昏黃如鉤殘月，幾顆微光星子，
眼淚又一點點眨回眼中，心卻仿若飛鴻，輕飄飄地飛出，
飛向那個我們曾經並肩馳騁的大漠……

年僅二十歲的霍去病，在長安城日漸炙手可熱，似乎跟著他就意味著榮華富貴，錦繡前程，封侯拜將。

霍去病行事越發張狂，鋒芒迫人，朝中諸人羨的、厭的、恨的、妒的、巴結的、疏遠的，卻不論王侯貴胄，無一人敢當面直逆霍去病的鋒芒。

與之相反，衛青處事更加低調謹慎。衛青在軍中十幾年，待兵將如手足，和官兵生死沙場中結下的袍澤之情，以及寬厚仁義的威信，依舊如大山一般沉穩不可撼，皇上對此也無可奈何。

我看似捧著一冊竹簡閱讀，其實心思全不在上面。那日被霍去病撞見我在九爺肩頭落淚，我以為他肯定會大發雷霆，沒有想到兩人進屋後，他只是抱著我坐在黑暗中不言不動，彷彿化成石雕。很久很久後，他輕輕把我放在榻上，躺到我的身側。我實在害怕他的沉默，剛要開口，他卻捂住了我的嘴，「我什麼都不想聽，好好睡覺。」語氣裡竟透著絲絲緊張和害怕。

那日過後，他像什麼事情都沒有發生過，待我如從前一般，只是每天晚上，如果他不能來我的園子，必定要派人接我去他府中。

如今他下朝後常被皇上留在宮中，他又總是喝得醉醺醺地回來，所以我十之八九都在他的府中安歇。

「玉兒……」霍去病叫道。

他何時進的屋子，我完全沒有察覺，心中一顫，忙擱下手中的竹簡，「什麼事情？」

他坐到我身側，「今日宮中有宴，我……」

「又要醉成爛泥？」

他抱歉地看著我，我道：「不可能每次都藉著醉了，讓皇上說不了話。」

我遞給他一軸帛書，他打開看了一眼，面寒如冰，「竟然宣妳入宮。」

天空靜爽涼滑，如一幅水洗過的藍綢，淡淡浮著的幾抹雲彩又添了幾分生動。來參加宴席的女眷三五成伴，盈盈笑語和著金桂的香氣，蕩在風中。

我靠在樹幹上，半仰頭望著天空。忽覺得有人視線一直凝在我身上，低頭只見一個身材頎長，容貌英俊的錦衣男子正定定看著我，眼中滿是震驚和不能相信。我望著他，暖暖地笑開，他眼中的驚詫懷疑褪去，喜悅湧出，還有淚光隱隱浮現。

一會後，他的神色恢復平靜，不動聲色環顧了四周一圈，又看了我一眼，一言不發轉身離去。

李妍不知從何處走出，笑看著我，「金姑娘似乎走到哪都有傾慕者，一個大漢朝的將軍對妳一往情深，如今聖眷正隆的新貴，光祿大夫好似頗對妳動心。金日磾到長安不久，卻因當日是霍將軍去接受匈奴投降，聽聞他和霍將軍的關係很不錯。」

我心中一驚，怎麼偏偏落到她的眼中？我一面笑著，一面眼瞅著遠處的李敢，「娘娘在宮裡住久了吧？心好似漸漸變得只有院牆內這些男女之事了。不要總是用己心測他人之意。」

李妍瞟了眼李敢，笑意有些冷，「金姑娘看著清減了不少。」

我淡淡回道：「娘娘看著也略帶憔悴之色呢！」

李妍想讓李廣利娶我，固然有對我的恨懼，但更重要的是她想藉著這件看似風花雪月的事情試探皇上的心意，一次非正面的與衛氏交鋒。可惜劉徹畢竟是劉徹，雖讓她寵冠後宮，卻仍舊沒遂了她的心意。他沒有捧李壓霍，只從自己的利益出發，平衡牽制霍去病的權力。

李妍氣笑一聲，「事已成定局，妳若願意日日給公主磕頭請安，仰人鼻息，就做妾了。可何苦來哉？妳的性格受得了嗎？不如抽身而退。」

衛皇后走到我們身側，淺笑著問：「說什麼呢？這麼高興？」

李妍忙行禮請安，衛皇后伸手扶起她，「聽聞妳最近身子不大好，以後不必總是行這些大禮。我閒暇時翻了翻醫書，發現養生之道最重要的一點，就是不要思慮太多，該放手處就放手。」

李妍笑道：「姐姐囑咐的是，妹妹受教了。相較姐姐而言，妹妹倒真是小心眼了。」她瞅了我一眼，「妹妹真是佩服姐姐的容人之量，竟對以往之事毫不介懷。」

衛皇后淡淡笑著，側頭對雲姨吩咐：「金玉對宮中不熟，妳照顧著她點。」說完牽著李妍的手離去。「幾位妹妹都很好奇妳最近新創的髮式，嚷著讓我來說個情，教教她們。」

雲姨溫柔地替我順了順鬢邊碎髮，「妳和去病都瘦了。」

我低叫了一聲「雲姨」，滿心酸澀，一句話都說不出來。

「自從隨皇后娘娘進宮，這些年我見了太多悲喜，年紀大了，心也冷了，想勸你們不妨退一步，男人總免不了三妻四妾，只要他心中有妳就算難得。去病的性子就不說了，沒想到妳的性子也是這麼剛硬，畢竟皇上又不是不讓妳嫁給去病，況且正妻是公主，讓妳做妾也不委屈妳。換成其他女子大概已經歡歡喜喜地接受了。本還有些惱妳不懂事，不知道進退，讓大家都為難，唉……」雲姨輕嘆一聲，「聽去病言語間提起妳時，感覺很是飛揚的一個人兒，可看到妳如今的樣子，忽然覺得一切都罷了。也許你們更像我們年少時的女兒夢，『願得一心人，白頭不相離』，可世間有幾個女子得償所願？就是當年傳為美談的一曲《鳳求凰》，司馬大人終究還不是有了新歡，負了卓文

君？」

霍去病一入宮就被一眾年輕武將眾星拱月般地圍著，我與他身分相隔如雲泥，根本不可能同席。他看到雲姨一直隨在我身側，神色方釋然不少。

兩人隔著燈火相視，滿庭歡聲笑語，觥籌交錯，金彩珠光，都在我們眸中淡去。這一瞬，我覺得我們離得很近，近得他心中的千言萬語我都懂，可我們又離得很遠，遠得我再伸手也似乎握不住他的手。

劉徹笑對霍去病道：「朕早已命人為你建一座長安城內最好的府邸，不日即將竣工，有了新家，卻還獨缺一個女主人……」

我低下頭把玩手中的酒杯，這早已經是預料中的一幕，不可能躲得開，也無數次暗暗給過自己警示，卻不知為何手依舊簌簌顫抖，酒珠濺出，落在嶄新的衣裙上，點點滴滴，暈痕仿若離人淚。

也許明日我該離開長安了，在這個天皇貴胄雲集之處，在這個最大、最繁華的城池內，容納了來自五湖四海的人，卻容不下我的幸福。

也許確如李妍所說，我是屬於西域，屬於大漠的。那裡雖然沒有生於富麗堂皇庭院的牡丹芍藥，卻長滿了可以仰望廣闊藍天的棘棘草……

腦中想著大漠的千般好處，身上的血液卻在變冷，冷得我整個人打著顫，杯中酒水點點滴滴落個不停。

滿席的豔羨、嫉妒與不屑都凝在霍去病身上，可他冷意澹澹之下卻透著痛。劉徹笑看向席間眾位公主，剛要開口，霍去病驀地起身，幾步上前跪在劉徹面前，重重磕了個頭，碎金裂玉的聲音，「臣叩謝皇上隆恩，可臣早有心願，匈奴未滅，何以家為？府邸不敢受！」

霍去病的一番話，竟是終身不娶的誓言。剎那間，一席寂靜，針落可聞。

各人臉上神色不一，不明白對一向奢侈的霍去病，一座府邸怎麼就如此不能接受？平常皇上賞賜的比府邸貴重得多，對自小錦衣玉食的霍去病，打匈奴和一座府邸有什麼相關？

我震驚地抬頭看向霍去病，心中似有一絲喜，可更多的卻是痛，慢慢地那絲喜也變成了哀傷和疼痛。手中握著的酒杯被捏碎，心太痛，手上反倒一絲痛楚也無，只覺掌心溫熱，鮮血一滴滴落在裙上，所幸今日穿的是一件紅衣，暗影中什麼都看不出來。

李妍又是詫異又是震動，衛皇后眉頭微蹙，脣邊卻是一個淡笑。唯獨劉徹一如起先的平靜，依舊笑看著霍去病，「古人云『成家立業』，先有家，才好談立業，你已經大敗匈奴，功績卓著，足以名傳千古。至於徹底殲滅匈奴，連朕也未曾如此想過，只打算將他們逐出漠南，讓他們遁去漠北，再無能力侵犯我大漢一草一木。」

霍去病望著劉徹，身影一如秋夜，涼意瀲瀲，暗影沉沉，「臣心意已定。」

劉徹盯著霍去病，眼神冷凝如刀鋒，帝王氣魄盡顯，所有人都低下了頭，霍去病卻依舊望著劉徹，面色冷漠淡然。極度的安靜中，四周的空氣彷佛膠著在一起，透著越來越重的壓迫。

半晌後，劉徹忽地大笑起來，「罷了！如你所願。朕把府邸給你留著，待你認為匈奴已滅時，朕再賜給你。」

我緩緩呼出一口氣，劉徹退讓了，霍去病贏了，可這怎算一種勝利？胸口疼痛，眼睛酸澀，淚盈於睫。但怎麼能讓他們透過我看破霍去病呢？我抬頭望天，天邊一彎昏黃如鉤殘月，幾顆微光星子，眼淚又一點點眨回眼中，心卻仿若飛鴻，輕飄飄地飛出，那已是關山萬重外，飛向那個我們曾經並肩馳騁的大漠，當日即使後有追兵利箭，我們也是暢快的……

似乎從極遠處傳來一聲輕嘆，雲姨幽幽道：「去病真的說到做到。不是妳，他誰都不會娶。」晚宴散後，雲姨送我到宮門口。霍去病已經等在馬車旁，隔著絡繹不絕的人群，兩人沉默地凝視著彼此。

我心中滾滾，意興闌珊，今夕何夕，竟恍若隔世。

雲姨一言未發，靜悄悄地轉身離去。

我收起心中諸般情緒，跳著向他揮揮手，一個燦爛的笑容，快步向他跑去，也不管周圍有沒有人，直接撲到他懷中，抱著他的腰悄聲嚷道：「宮裡的菜不好吃，我沒有吃飽。趕緊回家，再讓廚子做點好吃的給我。」

霍去病緊緊摟住我，也笑了起來，原本神情凝如黑夜，剎那又變回往日那個朝陽男兒，「我們這就回家。」

身側經過的官員，怕惹事的都不敢多看，撇過頭匆匆離去。一眾平日敢於議事的文官都露出不屑之色，有人用似乎極低卻偏偏能讓眾人聽見的聲音哼道：「大庭廣眾下，成何體統？」只有金日磾臉上雖沒什麼表情，眼中卻全是笑意和溫暖。

樣子。

霍去病臉色一冷，便看向說話的人。那人立即畏懼地縮了縮身子，繼而又一副「才不怕你」的

我握著霍去病的手，笑著向他皺了皺鼻子，也用讓大家隱約可聞的聲音道：「不知道哪裡跑來的瘋狗，四處亂吠。人不小心被狗咬了一口，總不能再回咬畜生，姑且由得畜生去叫吧！我們也聽個樂子。」說著還故意做了個傾聽的表情。那人想開口，可一說話不正表明自己是逗我們樂的畜生嗎？他悻悻地閉嘴瞪我。

霍去病笑著輕點了下我的額頭，牽著我上車離去。我微挑簾子向外看了一眼，又趕緊放下簾子。霍去病問道：「日磾已經認出妳了？」

「他很謹慎，只看了我一會就走開了。」

霍去病攬我靠在他肩頭，「就衝他這份對妳的愛護之心，我也該請他喝一次酒。」

他忽地看到我裙上的血跡，臉色一變，立即將我一直縮在袖中的另一隻手拽了出來，「妳……這是……」他的聲音都卡在喉嚨裡。

我笑了笑，想要解釋卻找不到合適的藉口，即使有也瞞不過他，遂只是望著他笑，示意他不必介懷。霍去病默默看著我，眼中都是痛楚和自責，手指輕輕撫過我的笑容，一低頭吻在我的掌上，唇沿著傷口輕輕地、一遍遍地滑過。

去病，有你如此待我，我不委屈。

「玉娘，有位夫人要見妳。」

紅姑神色透著緊張，惹得我也不敢輕視，「誰？」

紅姑道：「是……是陳夫人。」

我愣了一瞬，明白過來。這兩日我一直待在霍府，沒回過園子，今日剛進門，衛少兒就登門造訪，看來她對我的行蹤很清楚，也刻意不想讓霍去病知道。

我走到鏡子前，看了看自己，側頭對紅姑說：「請陳夫人來這裡吧！外面人多口雜，不好說話。」

紅姑卻沒有立即走，看了我一會方道：「玉娘，宮裡的事情我已聽說一二，霍將軍為何不接受皇上賜給他的府邸，還說什麼『匈奴未滅，何以家為？』我們聽了雖是景仰他的志氣，可匈奴哪那麼快殺光？難道只要匈奴存在一日，他就不娶妻生子嗎？衛青大將軍已經有三個兒子，妻子都換過兩位了，還有一位是公主，可也沒見衛青大將軍就不能上沙場打匈奴了。」

我還沒回答她的話，就見心硯滿臉委屈帶著一位中年美婦走進院子。中年美婦微含著一絲笑看向我，「妳就是金玉吧？紅姑遲遲未出來，我怕妳不肯見我，就自作主張了。」

我忙上前恭敬地行了一禮，「怠慢您了。本就想請您到這邊說話，比較清靜。」紅姑和心硯都向衛少兒行了一禮，靜靜退出。

衛少兒隨意打量我的屋子一圈，斂去了笑意，「我不想拐彎抹角，就直話直說了。若有什麼讓姑娘不舒服的地方，請多多包涵。」

我微微笑著點頭，一個人的分量足夠重時，自然令他人說話時存了敬重和小心。在這長安城中，我不過一介孤女，不包涵也得包涵，不如做到面上大方。

「公孫敖曾對我說，妳行事不知輕重，一個狐媚子而已。去病在軍中行事不檢點，妳不但不勸，反倒笑看，我聽了心中也很不舒服。雖沒指望去病娶一個多麼賢德的女子，可至少要知道行事謹慎，懂得進退。朝中對去病多有罵聲，我一個做母親的聽了很難受。我問過皇后娘娘的意思，出我意料，娘娘竟很偏幫妳，一再叮囑我們不許為難妳。能讓娘娘看上的人，應該不盡是公孫敖所說的那樣。所以今日我來，只是作為一個母親，心平氣和地和妳說幾句。」衛少兒一面說話，一面察看我的神情。

我欠身行禮，「夫人請講，金玉洗耳恭聽。」

她臉上忽閃過幾絲黯然，「去病的身世，妳應該都知道。既然當年我做了，也不怕提，我未嫁人就生下他，不久他父親就娶了別人。去病在公主府中，半跟在他舅父身邊長大。其實去病心中一直很想要一個正常的家，可妳如今讓他……」她苦笑著搖搖頭，「所謂『不孝有三，無後為大』，這些已不是孝順不孝順的事情，長安城中二十歲的男子有幾個還膝下猶虛？金玉，我今日來，只是作為去病的母親，請妳再仔細考慮一下。如果……」

她盯著我道：「如果妳能離開去病，我感激不盡。」

我沉默地盯著地面，如果是別人，我可以不管對方說什麼都置之不理。可這個女子是去病的母親，沒有她就沒有去病，他的母親在這裡殷殷請求我離去，心一寸寸地抽痛，可我臉上不敢有絲毫洩漏。

衛少兒等了半晌，看我依舊只是垂頭立著，「金玉，我也曾年少輕狂過，不是不懂你們，可是人總要學會向現實低頭……」

門「砰」一聲被大力推開，霍去病大步衝進院子，眼光在我和衛少兒臉上掃了一圈，俯身給衛少兒行禮問安，「母親怎麼在這裡？」

衛少兒看向我，眼中多了幾分厭惡，「我從沒見過金玉，所以來看看她。」

霍去病道：「母親想要見玉兒，和我說一聲就行，我自會帶著玉兒去拜見母親。」

衛少兒訕訕地，一時沒有妥帖的言詞。我忙笑著道：「夫人正和我說長安城新近流行的髮式，難道你也想一塊探討？」

霍去病探究地看看我，又看看衛少兒。衛少兒點了下頭，「我們女子總有些私房話說，出來得久，我要回去了。」

霍去病隨在衛少兒身側向外行去，側頭對我道：「我先送母親回府。」

雖已是冬天，陽光仍舊明麗，潑潑灑灑地落滿庭院，可我看著他們的背影，心只陣陣發涼。

「玉娘，妳怎麼了？不舒服嗎？臉色這麼蒼白？」紅姑扶著我問。

我搖搖頭，「妳派人通知去病？」

紅姑輕嘆口氣，「陳夫人這麼莫名其妙地出現在園子中，真有什麼事情，妳為了霍將軍也肯定只能受著。我怕妳吃虧，所以她一進園子，就暗地派人去霍府了。」

我強笑道：「陳夫人一個手無縛雞之力的女子，我能吃什麼虧？以後再有這樣的事情，千萬不要再驚動去病了，我自己能應付。」想來衛少兒誤以為是我拖延著不見她，暗中卻通知了去病，對我的厭惡又深了幾分。

紅姑遲疑了一瞬，無奈地點點頭。

扶我進屋後，紅姑倒了杯熱茶遞給我，「玉娘，石舫分家了。」

我顧不上喝茶，立即問：「怎麼回事？」

「石舫的藥材生意交給了石風和石天照，玉石生意給了石雨，其餘生意分別給了石雷、石電。而且他們幾個人也都改回了自己的本姓，前兩日還叫石電，如今叫章電，說要買我們的歌舞坊，他打算做歌舞坊生意。他年紀不過十五、六歲卻行事老練，應對得體，開得價錢也很公允，所以我琢磨著，如果妳仍舊打算把其餘歌舞坊出售了，倒是可以考慮賣給他。」

我愣愣地喃喃自語：「怎麼會這樣，這麼大的變故？」

紅姑回道：「估計這段日子長安的商人們嘴裡都這麼念叨。不過幾日，長安城內最有勢力的石舫就分崩離析了。妳不知道，長安城內的玉石一夜間價錢翻了兩倍，因為人人都怕陳雨經營不好。藥材也是一直在漲，但陸風身邊因為有石舫以前的三大掌櫃之一石天照，在石天照的全力周旋下，才勉強壓住藥材價格的升幅。如今看風、雨、雷、電四人行事的樣子，的確是有怨，爭起生意彼此

都不客氣，也不再照應對方。外面傳聞是因為九爺身體不好，再難獨力支撐石舫，而底下人又各懷鬼胎導致。玉娘，妳看我們是否該找個機會去看看九爺？」

我內心如火一般的煎熬，他竟然說到做到，真的要放下一切，放棄家族多年的經營?!突然想到這個分配有遺漏，我急問道：「那石大哥和石二哥呢？怎麼沒有他們的生意？」

紅姑搖搖頭，「不知道，聽聞好像是分配時內部出了矛盾，石謹言是個缺心眼的人，被其餘幾人算計了，負氣之下離開長安。石慎行和他如親兄弟一般，傷心失望下也舉家遷徙離開了長安。」

石大哥和石二哥都舉家離開長安，看樣子是不會再返回，他們能去哪裡？

紅姑問：「我們賣嗎？」

我愣了一會，緩緩道：「就賣給章雹吧！歌舞坊的姑娘跟著他，我還比較放心一些。」

紅姑點點頭，有些眷戀地環顧著四周，忽道：「我很小時就住在這了，我想把我們自己住的這個後園子留下，只把前面的園子賣給章雹，砌兩道牆隔開就可以了。」

我想了想，「可以，前面的屋子已經足夠，價錢要低一些，章雹應該也不會反對。我也在這裡住慣了，一日不離開長安倒也懶得再動。」

紅姑笑著接道：「難道嫁人了，妳也還賴在這裡？」話一出口，她立即驚覺，抱歉地叫道：「玉娘……」

我搖了下頭，「沒事，我不是那麼敏感脆弱的人。」

紅姑默默出了會神，嘆道：「以前總盼著妳揀高枝去棲，看出霍將軍對妳有意思，妳卻對他不冷不熱，就一直盼著妳有一天能動了心，嫁給霍將軍，可現在……我突然覺得妳跟著他是吃苦，這個高枝太窄、太高，風又冷又急，四周還有猛禽，妳若能嫁個平常點的人，兩個人和和美美地過日子，其實比現在強。」

我握住紅姑的手，「有妳這樣一個姐姐，時刻為我操心，我已經比園子裡大多數的姑娘都幸福了。我沒有那麼嬌弱，雨大風冷對我算不了什麼。」

紅姑笑著拍拍我的手，「自妳離去，石舫對落玉坊諸多照顧，眼下外面傳得紛紛揚揚，妳要去看看嗎？也幫我給九爺請個安。」

我撇過頭，輕聲道：「這事我會處理的，姐姐就放心吧！」

◈ ◈ ◈

今年冬天的第一場雪，細細碎碎並不大，時斷時續，沒完沒了。連著下了四天，屋頂樹梢都積了一層不厚不薄的雪。地上的雪部分消融，合著新下的雪，慢慢結成一層冰，常有路人一個不小心就跌倒在地。

「玉姐姐，妳究竟去是不去？」以前的石風，如今的陸風瞪著我嚷道。

我輕聲道：「你怎麼還這麼毛躁的樣子？真不知道你怎麼經營生意。」

陸風冷笑一聲，「我做生意時自然不是這個樣子，因為妳是我姐姐，我才如此，不過我看妳現

在一心想做霍夫人，估計也看不上我這個弟弟。反正我爺爺想見妳，妳若實在不想動，我也只能回去和爺爺說，讓他親自來見妳了，只是不知妳肯不肯見他，妳給個交代，我也好向爺爺說清楚，免得他白跑一趟。」

我望著窗外依舊簌簌而落的雪，沉默了半晌後緩緩道：「你先回去吧！我隨後就去石府。」

想著老人圖熱鬧，愛喜氣，我特意選了件紅色衣裙讓自己看著精神一些。馬車駛在路上，冰塊碎裂的聲音不絕地傳入耳中。這條路我究竟走過多少次？有過歡欣愉悅，有過隱隱期待，也有過傷心絕望，卻第一次如今天這般煎熬痛苦。

除了小風還住在石府，其他人都已經搬出，本就清靜的石府越發顯得寂寥。到處都是白茫茫，一片蕭索。

我撐著把紅傘，穿著紅色衣裙走在雪中，好笑地想到自己現在可是夠扎眼，白茫茫天地間的一點紅。

過了前廳，剛到湖邊，眼前突然一亮，沿湖一邊一大片蒼翠，在白雪襯托下越發綠得活潑可喜。石舫何時在湖邊新種了植物？我不禁多看了兩眼，心頭一痛，剎那間眼中浮出了水氣，看不清前方。

似乎很久前，彷彿是前生的事情。有一個人告訴我，金銀花的別名叫忍冬，因為它冬天也是翠綠，他不肯說出另一個名字，也沒有答應陪我賞花。現在這湖邊的鴛鴦藤，又是誰為誰種？

世界靜寂到無聲，雪花落在傘面的聲音都清晰可聞，我在鴛鴦藤前默默站著。當年心事，早已成空。淚一滴滴落在鴛鴦藤的葉子上，葉片抖動間，水珠又在積雪上砸出一個個小洞。良久，葉子再不顫動，我抬頭對著前方勉力一笑，保持著笑容轉身向橋邊走去。

一個人戴著寬沿青蓑笠，穿著燕子綠蓑衣，正坐在冰面上釣魚。雪花飄飄揚揚，視線本就模糊，他又如此穿戴，面目身形都看不清楚，我估摸著應該是天照，遂沒有走橋，撐著紅傘直接從湖面過去。冰面很是光滑，我走得小心翼翼，不長的一段路卻走了好一會。

湖上鑿了一個水桶大小的窟窿，釣竿放在架子上，垂釣人雙手攏在蓑衣中，旁邊還擺著一壺酒，很閒適愜意的樣子。

「石三哥，小雪漫漫，寒湖獨釣，好雅性呢！」

他聞聲抬頭向我看來，我的笑容立僵，當場前也不是，退也不是。九爺卻笑得暖意溶溶，了無心事的樣子，輕聲道：「正在等魚兒上鉤，妳慢慢走過來，不要嚇跑牠們。」

我呆呆立了一會，放輕腳步走到他身旁，低聲道：「我要去看爺爺了。多謝你……你讓小雹接手歌舞坊。如果是你自己不想再經營石舫，隨便怎樣都可以，可如果你……你是因為我，沒有必要。」

他卻好似沒有聽見我說什麼，只指了指身邊的一個小胡凳，「坐。」

我站著沒有動，九爺看了我一眼，「妳怎麼還是穿這麼少？我也打算回去，一塊走吧！」他慢慢收起釣竿，探手取已經半沒在雪中的拐杖。剛拿了拐杖站起，卻不料拐杖在冰面上一個打滑，他就要摔倒在地，我忙伸手去扶他。

我一手還握著傘，一手倉皇間又沒有使好力，腳下也如抹了油般滑溜得直晃，兩人搖搖欲墜地勉強支撐著。九爺卻全不關心自己，只一昧盯著我，忽地一笑，竟扔了拐杖，握住我的胳膊強拖我入懷。我被他一帶，驚呼聲未出口，兩人已摔倒在冰上。傘也脫手而去，沿著冰面滾開。

身子壓著身子，臉對著臉，九爺第一次離我這麼近，我身子一時滾燙，一時冰涼。雪花墜落在我的臉上，他伸手欲替我拂去雪花，我側頭要避開，他卻毫不退讓地觸碰我的臉頰。我避無可避，帶著哭腔問：「九爺，你究竟想怎麼樣？我們已經不可能，我……」

他的食指輕搭在我的唇上，笑著搖搖頭，做了個禁聲的表情，「玉兒，沒有不可能。這次我絕對不會放手。霍去病對妳好，我一定對妳更好。霍去病根本不能娶妳，而我可以。霍去病不能帶妳離開長安城，我卻可以。他能給妳的，我也能給妳；他不能給妳的，我還是能給妳，所以玉兒，妳應該嫁給我……」他嘴邊一抹笑，一抹痛，眼光卻堅定不移，「明年夏天，湖邊的鴛鴦藤就會開花，這次我們一定可以一起賞花。」

他說完話，剛要移開食指，卻又輕輕在我唇上撫過，透著不捨和眷戀，漆黑的眼睛變得幾分曖昧不明，緩緩低頭吻向我。

我一面閃避，一面推他，手卻顫得沒什麼力氣，兩人在雪地裡糾纏著。他的唇一時拂過我的臉頰，一時拂過我的額頭，我們的身子骨碌碌地在冰上打著滾。

忽然聽到身下冰面輕聲脆響，一掃眼只見原先釣魚時的窟窿正迅速裂開，我心下大驚，冰面已再難支撐兩人的重量，情急下只想到絕對不能讓九爺有事，別的什麼都已忘記。猛地在他脖子上狠命一咬，嘴裡絲絲腥甜，他哼了一聲，胳膊上的力氣小了許多。

我雙手用力將他推了出去，自己卻反方向沿著冰面滑向窟窿，窟窿旁的冰受到撞擊，碎裂得更快，我迅速落入冰冷的湖水中。

我盡力想上浮，可滑溜的冰塊根本無處著力，徹骨冰寒中，不一會胳膊和腿就已不聽使喚。湖下又有暗流，我很快被帶離冰窟窿附近，眼中只看到頭頂的一層堅冰，再無逃離的生路。耳中似乎聽到九爺悲傷至極的呼聲，我漸漸發黑的眼前浮過霍去病的笑顏，心中默默道：「對不起，對不起，也許公主是一個很好的女子。」

剛開始胸中還有漲痛的感覺，可氣憋久了，漸漸地神智已不清楚，全身上下沒有冷也沒有痛，只是一種輕飄飄的感覺，像要飛起來。

忽地手被緊緊拽住，有人抱著我，湊到我唇上緩緩地渡給我一口氣。我清醒了幾分，身上又痛起來，勉力睜開眼，九爺漆黑的眼睛在水中清輝奕奕，望著我全是暖意，臉孔卻已被凍得死一般的慘白，胳膊上纏著魚鉤線，他正用力扯著魚線，逆流向窟窿口移去，魚線一寸寸勒進他的胳膊，鮮血流出，我們的身旁浮起一團團緋紅煙霧。

他的動作越來越慢，臉色蒼白中透出青紫，而那個冰窟窿卻依舊離我們遙遠。我用眼神哀求他不要管我，自己憑藉魚線離開，可他注視著我的眼神堅定不變，傳遞著簡簡單單的幾個字：「要嘛同生，要嘛同死！」

我又悲又怒，他怎麼可以這樣？我剛才所做的不全白費了？心中悲傷絕望，再難支撐，神智沉

入黑暗，徹底昏厥過去。

◈ ◈ ◈

一天一地的雪，整個世界冷意颼颼，我卻熱得直流汗，口中也是乾渴難耐，正急得無法可想，忽地清醒過來，才發覺身上籠著厚厚的被子，屋中炭火燒得極旺，人像是置身蒸籠。

我想坐起，身子卻十分僵硬，難以移動，費盡全身力氣也不過移動了下胳膊。正趴在榻側打盹的霍去病立即驚醒，一臉狂喜，「妳終於醒了。」

本以為已經見不到他，再見他的笑容，我心裡又是難受又是高興，啞著嗓子說：「好熱，好渴。」

他忙起身倒水給我，攬我靠在他懷中，餵我喝水，「大夫說妳凍得不輕，寒毒侵體，一定要好好捂幾日。幸虧妳體質好，一場高燒就緩過來了，若換成別的女子，不死也掉半條命。」

他的聲音有些啞，我看著他憔悴的面容，眼睛酸澀，「我病了幾日？你一直守在這裡嗎？病總會好的，為什麼自己不好好睡一覺？」

他輕撫著我的臉頰，「三日兩夜，我哪裡睡得著？今天早晨妳燒退下去後，我心裡才鬆了口氣。」

我心中惦記著九爺，想問卻不敢問，喃喃道：「我……我是如何被救上來的？」

我那點心思如何瞞得過霍去病？他沉默了一瞬，若無其事道：「孟九把魚竿固定在樹幹上，靠著魚線慢慢移到冰面有裂口的地方，石府的護衛也出現得及時，救了你們兩人。孟九貼身穿了防寒的狐甲，入水也比妳晚，就是胳膊上受了些傷，失血過多，這兩日已經好多了。他就在隔壁，估計過一會便來看妳。」

我這才發覺這裡竟是我以前在竹館的房間，「我……我們怎麼在這裡？」

霍去病淡淡笑著，「孟九說妳凍得不輕，不適合馬車顛簸移動。我請了宮中最好的太醫來，也是這個說辭，所以就只能在這裡先養病。玉兒，妳怎會失足掉進冰洞裡？」

我不知道該如何回答，只能低聲道：「對不起，我以後一定會小心。」

他驀地緊緊抱著我，「玉兒，答應我，以後不可以再發生這樣的事情，絕對不可以。」看到他憔悴的面容，沙啞的聲音，我胸中漲痛，只知道拚命點頭。

門輕輕地被推開，小風推著九爺進來，抬頭瞪了霍去病一眼便靜靜轉身出去。九爺一隻胳膊包裹得密密實實，斜斜吊在胸前。他面色蒼白，直視著霍去病道：「我要把一下脈。」

霍去病挪了挪身子，讓開地方，卻依舊讓我的頭靠在他懷中。九爺盯著霍去病還要說話，我忙看著他，語帶央求：「先替我看看幾時能好，這樣身子不能動，又這麼熱，實在難受。」

九爺臉上一痛，輕點了下頭。霍去病嘴邊帶了一絲笑意，把我的胳膊從被中拿出，九爺靜靜把了一會脈，又側頭細看我臉色。

我忽覺得霍去病身子輕輕一顫，詫異地看向他，只見他雙眼直直盯著九爺的脖子，那上面一排

細細的齒印依舊鮮明。他眼中帶著質疑和不信看向我，我的心突突直跳，根本不敢與他對視，倉皇移開視線。

霍去病全身僵硬地坐著，身上傳來絲絲寒意，我原先覺得熱，此刻又冷了起來。九爺詫異地伸手欲探一下我的額頭，霍去病快速揮開了他的手，冷冷地問：「我們什麼時候可以離開？」

我懇求地看著九爺，九爺看我臉色難看，眼中帶了憐惜不忍，猶豫一瞬，淡淡道：「寒氣已經去得差不多，找一輛馬車，多鋪幾層被子，應該可以送玉兒回去了。」

霍去病剛把我抱上馬車，猛地一口咬在我脖子上，鮮血滲出。我緊緊咬著唇，一聲不響地忍受脖子上和心上的痛楚。他驀地抬頭看向我，染了血的唇像火一般燃燒著，眼中也是熊熊怒火。

他定定盯著我，似乎在向我索求一個否定，一個表白，一個承諾。我眼中淚意上湧，卻一句話都說不出來。他眼中有痛，有怒，有傷，一低頭粗暴地吻上我的唇，用舌頭撬開我的嘴，鮮血在兩人唇舌間瀰漫開，血氣中絲絲腥甜。

第二十七章

錯緣

九爺那時已經在尋我？
如果他當時就能找到我，
那一切又會怎麼樣？
我們竟然曾經離得那麼近過，
近得只是一個窗裡，一個窗外，
隔窗相望，可終究擦肩而過。

因為那日失足落冰，讓我久病在床，霍去病為了多陪我，幾乎日日都留在我這邊。我們都小心翼翼地迴避著一些東西，盡力多給彼此一點快樂，把不快都藏了起來。似乎他唯一需要擔心的就是我如何養好病，而病的原因我們都假裝忘了。

靜臥了半個多月，新年到時，我終於可以活動自如。看著鏡中的自己，感覺整個臉圓了一圈，我用手從下巴往上捧著自己的臉，果然肥嘟嘟，「本來為新年做的裙子要穿不下了。」

心硯在一旁掩著嘴偷笑，「怎麼可能不胖？霍將軍整天像餵……」我瞪了她一眼，手在脖子上

橫著劃了一下。妳們和紅姑私底下偷說我不管，可若當著我的面說出那個字，我就殺無赦。

「這可不是奴婢說的，是紅姑說的。霍將軍如今不像將軍，倒像養豬的，整天就說『玉兒今天吃什麼了？』、『吃了多少？』、『應該再燉些補品。』」心硯吐吐舌頭，一邊拿腔拿調地說著，一邊笑著跑出屋子，恰恰撞上正要進門的霍去病身上。她神色立變，駭得立即跪在地上頻頻磕頭。

我站起身想收拾她，看見此景，不禁鼓掌大笑，「惡人自有惡人磨，活該！」

霍去病淡淡掃了心硯一眼，沒有理會她，只朝我笑道：「妳猜猜我帶誰來看妳了？」

我側頭想了一瞬，心中狂喜，「日磾？」

霍去病輕頷首，回身挑起簾子，「貴客請進！有人見了我一點反應沒有，一聽是你，兩隻眼睛簡直要發光。」

我瞪了霍去病一眼，對還跪在地上不敢起來的心硯吩咐：「讓廚房做些好吃的來，嗯……問紅姑還有沒有西域那邊的酒，也拿一些來。」

日磾披著一件白狐斗篷，緩步而進。我心潮澎湃，卻找不到一句話可以說，只是望著他傻傻地笑。兒時的事情一幕幕從我眼前滑過，熱情衝動的於單，嬌俏刁蠻的目達朵，還有少年老成的他。

日磾也是默默看了我半晌，方笑著點點頭，「妳還活著，我很高興。」

我也笑著點點頭，「能再見到你，我也很高興。」千言萬語到了嘴邊，原來也只有「很高興」三個字。

霍去病斜斜靠在榻上，「你們就打算這麼站著說話嗎？」

日磾笑著解下斗篷，隨手擱在霍去病的黑貂斗篷旁，也坐到了榻上。

我幫著心硯擺好酒菜後，霍去病拖我坐到他身側，一手還半搭在我腰上。因為日磾在，我有些不好意思，轉過身子把他的手晃掉。日磾搖頭笑著對霍去病道：「我第一次看見她臉紅，看來霍將軍不止會打仗，竟然把這麼刁蠻的丫頭都降服了。」

霍去病竟然難得的有些赧然，低頭端起酒杯一飲而盡。我隨手拿了一個大茶杯放在日磾面前，倒滿酒，「一見面就說我壞話，罰你喝這一大盅。」

日磾毫不推辭，端起酒一口氣灌下，盯著我說了句「對不起」。

我怔了一下，搖搖頭，「不用說這個，當年的事情，你根本出不上力。」

日磾笑著，笑容卻有些慘澹，又給自己倒滿了酒，「妳知道嗎？目達朵已經嫁給了伊稚斜。」

我手中把玩著一個空酒杯，「我見過他們，我還不小心射了目達朵一箭。」

日磾一驚，繼而又露了釋然之色，「難怪！原來如此！傳聞說是追殺霍將軍時受的傷，沒想到是妳傷了她。伊稚斜因為妳……」日磾瞟了眼霍去病，「……和於單，這些年對我和目達朵都很眷顧，尤其是對目達朵極度呵護。目達朵以前不懂，只一心一意跟著伊稚斜，懂了之後，我看她心裡很痛苦。不過這次受傷後，伊稚斜對她倒和以前有些不一樣，原來你們已經見過面了……」

目達朵既然沒死，我們之間彼此再不相欠，幼時的情分也就此一筆勾銷，此後我們再無半點關係，他們的事情我也不關心。我打斷了日磾的話，「伊稚斜為什麼要殺你父王和渾邪王？」

日磾默默發了會呆，「妳既然見過他，有沒有感覺他和以前不一樣了？」

「他……他比以前少了幾分容人之量，他以前其實行事也很狠辣，可現在卻多了幾分陰狠，疑心也很重，當時他身邊的一個貼身護衛說了假話，我們都沒有起疑，可他卻見微知著，可見他根本沒真正相信過身邊的人，而且絕不原諒。」

日磾點了下頭，「他擁兵自立為王後，最大的變化就是不再相信人，總是擔心手下會有第二個像他那樣的人出現。懷疑得久了，連我們自己都開始覺得背叛他，似乎是遲早的事情。」

日磾長嘆口氣，「對做臣子的人而言，最痛苦的莫過於跟著一個猜忌心重的皇帝。伊稚斜雄才大略，其實我們都很服他，卻因為他的疑心，王爺們都活得膽顫心驚，行事畏縮。」

霍去病笑道：「猜忌疑心是做皇帝的通病，只不過所謂的明君能把疑心控制在合理範圍內，用帝王術均衡牽制各方勢力，而有的卻會失控。我倒覺得伊稚斜雖有些過了，但還好。漢人有句古話，『名不正，言不順』，伊稚斜吃虧就在於『名不正，言不順』。如今匈奴各藩國王爺和伊稚斜的尷尬關係，他們自己也要負一部分責任，如果當初是於單繼位，他們都必須服從，而伊稚斜如此繼位，他們肯定從心裡對伊稚斜存了觀望的態度。伊稚斜做得好，那是應該，誰叫他搶了位置來？伊稚斜稍有紕漏，他們免不了想起先王如何如何，如果太子繼位又如何如何。這些心思，精明如伊稚斜肯定都能察覺，你讓他如何沒有氣？」

「沒想到為單于辯解的不是我們匈奴人，竟然是大將軍。單于若聽到這些話，肯定會為有大將軍這樣的對手而大飲一杯。知己固然難求，可旗鼓相當、惺惺相惜的敵人更是難遇。」日磾喝了一大口酒，半是激昂半是悲傷，「文有東方朔、司馬相如與司馬遷等人，武有衛大將軍和霍大將軍，還有眼光長遠、雄才偉略的皇帝，想必將來會有個名揚四海、威名遠播的大漢王朝出現。」

日磾對著霍去病遙遙敬了杯酒，「你就是這個大漢王朝的締造者之一，而你我……」日磾笑著與我的茶杯碰了下，「……有幸作為見證者，親眼看這段一定會被濃墨重彩書寫的歷史發生。」

酒逢知己千杯少，霍去病和日磾雖然酒量很好，可漸漸也都有了幾分醉意。

日磾準備離去，我拿了他的白狐斗篷遞給他。要出門時，雖然我說不冷，可霍去病還是將他的黑貂斗篷強裹到我身上。

日磾腳步有些不穩，搖晃著身子，拍了拍霍去病的肩，「玉謹就交給你了。她吃了不少苦，你……你要好好待她。」

霍去病也是腳步虛浮，笑得嘴裂到耳邊，「沒問題，你放心，我一定好好待她。」

我哼道：「你們兩個有沒有把我看在眼裡？竟然自說自話。」兩個人卻全然不理會我，勾肩搭背，自顧笑談，一副哥倆好的樣子。

剛到門口，幾匹馬急急從門前馳過，我一眼掃到馬臀上打著的一個蒼狼烙印，只覺眼熟，卻想不起在何處見過。日磾咦了一聲，「怎麼在長安也能看到蒼狼印？」

我不禁好奇地問：「你也見過？我也覺得眼熟。」

日磾舌頭有些大，話語不清地說：「這是西域的一個神祕幫派，已經有七、八十年的歷史，傳聞說它是西域有史以來最厲害的一幫沙盜化身，也有人說不是，因為有人親眼見過蒼狼印的人，殺了正在追殺漢人商旅的沙盜，還從沙盜手中救過西域匈奴的商人。眾說紛紜，究竟何等來歷沒幾人能說清楚，但蒼狼印所過之處，西域不管富豪權貴還是平民百姓、江湖客都會避讓，可見他們在西域的勢力。」

我「啊」了一聲，驀地想起在何處見過這個印記。當日我請李誠去隴西城中吃雞時，曾見過這個印記，小二還說他們正在找一個年輕姑娘。當時我因為覺得眼熟，多看了兩眼，可之前我應該也見過……

冷風吹得酒氣上湧，日磾跌跌撞撞地爬上馬車，霍去病的身子也越發搖晃，我再顧不上胡思亂想，先扶住了霍去病。

目送日磾的馬車離去，一側身卻看見李廣利騎在馬上遙遙看著這邊。霍去病此時正攬著我腰，頭搭在我的肩上犯酒暈。

我無可奈何地輕嘆一聲，攙扶著霍去病轉身回去，只希望李廣利不會把這一幕告訴李妍。否則以李妍的心思細密，不知會生出什麼事情來。

在園子中走了一段路，心頭忽然一震，蒼狼印？沙盜？九爺說過他的祖父曾是沙盜首領。幾幅畫面快速掠過心頭，我終於想起我更早之前曾在何處見過這個印記了。月牙泉邊初識時，石謹言還曾指著這個印記斥責過我，難怪我下意識總對這個印記很留意。

當時在隴西酒館中聽到他們尋找的年輕姑娘……是我嗎？九爺那時已經在尋我？如果他當時就能找到我，那一切又會怎麼樣？我們竟然曾經離得那麼近過，近得只是一個窗裡，一個窗外，隔窗相望，可終究擦肩而過。

「玉兒，好渴！」霍去病喃喃叫道。

我立即收回心神，扶著他加快了腳步。「馬上就到了，你想喝什麼？要煮杯新茶，還是用些冰在地窖中的果子煮汁？」

◈ ◈ ◈

心思百轉，最後還是沒去石府給爺爺拜年，只派人送了禮物到石府。

霍去病的長輩多，大清早就出門拜年。我一人坐著無聊，想著他幾日前無意看到紅姑在繡香囊，隨口逗說我倆也算私定終身，讓我給他繡一個香囊算信物。我沒在這些事情上花過功夫，但閒著也是閒著，就試試吧！想著他意外看到香囊的笑，心裡也透出喜悅來。

我找了各色絲線，又問紅姑要花樣子。紅姑翻找半晌，才給我送來一個花樣子，是一對並蒂雙舞的金銀花，一金一白，線條簡單，卻風姿動人。她看我盯著花樣子怔怔發呆，笑道：「有心給妳找個別的，可是都不好繡，就這個配色和花樣都簡單，還好看，適合妳這沒什麼繡功的。我可是費了不少心思才挑到這個，妳要不滿意，我也沒更好的，只能改天請人給妳現繪。」

我搖了搖頭，「不用了，就這個吧！」

繃好竹圈子，穿上針線，紅姑教了我一會後，便留我一人慢慢繡，自己去忙別的事情。

我臨窗坐著低頭繡了一會，院外梅香隨風飄入，甚是好聞。偶有幾聲隱隱的爆竹響，剛開始還

會被驚著，待心思慢慢沉入一針一線中，也不怎麼聽得見。

「看見玉兒拿針線可真是希罕事情。」

天照的聲音突然在耳邊響起，我立即抬頭，看見九爺的一瞬，手中的針不知怎地就刺進了指頭中，心立即一抽。我微微笑著，不動聲色地把針拔了出來，「九爺、石三哥，新年好。」

九爺凝視著我手中的繡花繃子一言不發，天照看看九爺，又看看我，「妳不請我們進去坐一下嗎？就打算這麼和我們隔窗說話？」

我這才反應過來，忙擱下手中的東西笑道：「快請進。」

天照坐到桌前，也沒等我招呼就拿起桌上的茶壺斟了一杯茶。九爺卻推著輪椅到榻旁，拿起了我的繡花繃子，我要搶卻已來不及。

他看到花樣子，猛地抬頭盯向我，「妳……妳是給自己繡的嗎？」

我沉默著沒回答，他臉上血色漸漸褪去，眼中諸般情緒，低頭看著才繡了一點的金銀花，嘴邊浮現一絲慘澹的笑。

忽地看見絲綢一角處的一抹血紅，他愣了一瞬，手指輕輕撫過那處血跡，臉色又慢慢恢復了幾分，抬頭直盯向我，眼光炯炯，「指頭還在流血嗎？給我看一下。」一面說著，一面推著輪椅就要過來。

我忙退後幾步，把手藏在身後，「只流了那麼幾滴血，沒什麼大不了的。」

他笑著把繡花繃子放回榻上，「我正想要一個香囊，難得妳願意拿針線，有空時幫我繡一個。」

我裝作沒有聽見他的話，「要喝茶嗎？」

九爺道：「不用了，我們來看看妳，稍坐一下就走。另外幫小風的爺爺傳個話，多謝妳的禮品，讓妳有時間去看看他。」

我輕輕「嗯」了一聲，九爺笑著，似真似假地說：「如果妳是因為我而不肯去石府，我可以事先迴避。」

送走九爺和天照，人卻再沒有精神繡花，趴在窗臺上，腦中一片空白。

窗角落了些許灰塵，我不禁伸手抹了一下，灰塵立即被拭淨。我苦嘆著想，如果心也可以像這樣，決定留下誰就留下誰，把另一個徹底抹去，該多好！我可以盡力約束自己的行為，可心原來根本不受自己的控制。喜歡上一個人時，它不會徵詢你的同意；而何時才能忘記，也不會告訴你。

天照匆匆走進院子，我詫異地看向他身後，他道：「九爺沒有來，也不知道我過來。」

我緩緩站起身，「你要說什麼？如果是想勸我的話，就不要講了。」

天照道：「我沒有想勸妳什麼，當年妳如何對九爺，我們都看在眼裡，今日不管妳怎麼選擇，我們都不會有怨言，只能說九爺沒福。我來，只是想告訴妳一件妳應該知道的事情。妳可知道，妳離開長安城的當天，九爺就開始找妳？」

我又是酸楚又是悵然，「以前不知道，前兩天知道了。我曾見過蒼狼印，九爺是派他們找我的嗎？」

天照點了下頭，「當時何止蒼狼印在找妳，西域的殺手組織，大漠裡的沙盜，甚至樓蘭、龜茲等國的王室都幫忙尋找，可妳卻徹底失蹤了。」

我苦笑起來，你們怎麼都不可能想到我竟被抓到大漢軍營當兵去了，我壓根就沒有去西域，倒是跟著軍隊去攻打匈奴。你們在西域有再多人手，又怎找得到一個不在西域的人？那封留給霍去病的信誤導了九爺。

天照道：「妳出長安城後的一路行蹤，我們都查到了，可查到涼州客棧，線索一下就斷了，四處詢問打聽都沒有任何消息。九爺為此特地上霍府求見霍府管家，他從沒求過任何人，就是當年石舫境況那麼慘，也沒去求過大漢天子，一個還算他舅父的人。可他第一次求的人居然是霍府的一個管家。九爺求陳管家，若是霍將軍找到妳，務必告訴他一聲妳的行蹤，或者妳不願意讓他知道，也請轉告他願意陪妳賞花，不管多久他都會等妳回來。」

天照冷哼一聲，「妳可猜到霍府管家如何回答九爺？我不想再重覆當日的羞辱了，那樣的羞辱，這輩子受了三次已是足夠。」

當日在隴西軍營隔簾聽到的話語，今日終於明白了，也明白為何聽著聽著那個兵士的聲音就突然壓低，霍去病肯定示意他禁聲了。

「之後霍將軍回長安，九爺又去見他。霍將軍對九爺倒很客氣，但問起妳的行蹤時，霍將軍卻只說不知道。九爺是朗月清風般的人，行事可對天地，即使如今的狀況，也不願背後中傷他人。他只覺得是他虧欠了妳，這一切是老天對他當日沒對妳坦誠相待，沒好好珍惜妳的懲罰。可我卻顧不了那麼多，只想讓妳知道事情的全部，對妳對九爺都公平一些。霍將軍是個奇男子，上了戰場是鐵骨將軍，下了戰場又是柔情男兒，是個鐵骨柔腸的真英雄、真豪傑。不管妳最後選擇誰，我都會真心為妳高興。」

天照一番話說完立即轉身離去，只留下我怔怔立在風中。

過了晚飯時間很久，天早已黑透時，霍去病方臉帶倦色地回來，看到心硯正在撤碟子，詫異地問：「怎麼現在才吃完飯？」

我沉默著沒說話，心硯卻俯下身子恭敬地行了個禮，嘴快地說：「根本就沒有吃，奴婢怎麼端上來的，依舊怎麼端下去。」

我淡淡道：「心硯，東西收拾完就下去。」心硯瞅了我一眼，噘起了嘴，手下動作卻快了許多，不一會就收拾乾淨退出屋子。

霍去病笑著偎到我身側，「怎麼了？嫌我回來晚了嗎？」他雖然笑著，可眉眼之間卻帶著些許悒鬱。

「長輩給你訓話了？」

他道：「這些事情妳不用操心，我自會處理妥當。妳還沒告訴我為什麼不好好吃飯？」

看到他眉眼間的悒鬱，幾絲心疼，我吞下了一直徘徊在嘴邊的話，搖了搖頭，「沒什麼，下午吃了些油炸果子，又沒怎麼活動，不餓也就沒有吃。」

「那等餓了再吃吧！」他起身脫下大氅更衣，忽瞥到櫃中的針線籮筐，驚詫地問：「妳怎麼擺

弄這個了？」他拿著繡花綳子細看了好一會，眉眼間滿是笑，「是給我繡的嗎？怎麼……手刺破了嗎？」

他幾步走到我身旁，撩起我的衣袖就要看我的手，我用力把袖子拽回，撇過頭，「不是給你繡的，是給我自己繡的。」

他呆了一瞬，坐到我身旁，強把我的頭扭過去對著他，「究竟怎麼了？玉兒，如果有什麼事情妳可以和我吵，直接罵我。但不要這樣不明不白地生氣，夫妻之間難道不該坦誠以對嗎？」

「誰是你的妻了？」我一時嘴快，可看見他眼中掠過的傷痛，心中一痛又立即道：「我不是那個意思，我……對不起。」

他苦澀地笑，「對不起的人該是我，我不能娶妳，又不明不白地留著妳。」

我道：「名分的事情我既在乎，又不在乎。我並不是為此事而難過，我只想問你，你真的對我做到坦誠相待了嗎？」

他挑眉一笑，自信滿滿，「當然！」

我一言不發地凝視著他，他眉頭慢慢皺起，凝神想了一會，臉色驀地冷下去，「妳去見孟九了？」

他冷哼一聲，「如果妳指的是涼州客棧的事情，我並不覺得我做錯了什麼。他既然不喜歡妳，何必一直招惹妳？妳一再給他機會，他有什麼事情非要等妳離開後才想起來？」

我沒想到他居然一絲愧疚也無，本來對他的一些心疼蕩然無存，火氣全冒了出來，「霍去病，

你為了一己私心，又是欺壓羞辱人，又是藏匿消息，竟然行事如此卑劣！」

他額頭青筋隱隱跳動，眼中全是痛，定定看了會我，忽地大笑起來，「妳為了他，妳……」他一面搖頭，一面笑，「我在妳眼中算什麼呢？是！我是有私心，我唯一的私心就是不想讓他再傷害妳，只想讓妳忘記過去的不愉快，不再和過去糾纏，我的私心就是要妳開心。」

他猛一轉身大步向外行去，身影迅速溶入漆黑夜色中消失不見。剎那間，屋中的燭火似乎都暗淡下來。

明明是他的錯，怎麼全變成我的錯了？我拿起繡花綳子砸向地上，剛要踩上那朵才開始繡的鴛鴦花，卻又遲疑了，身子一軟坐倒在榻上，心如黃蓮一般苦。

藤纏蔓糾，我們究竟誰牽絆了誰？

第二十八章 鬱疾

他靜靜躺在那裡，薄唇緊抿，
一對劍眉鎖在一起，似有無限心事。
從我認識他起，總覺得他像陽光一樣，
任何時候都是充滿生氣、神采飛揚。
我是第一次看見這樣的他，安靜到帶著幾分無助。

幾日過去，霍去病都未出現，紅姑和心硯等幾個丫頭也不明白發生了何事。紅姑試探地問了我幾次，我卻一個字都不肯說，氣氛逐漸變得凝重，人人越來越沉默。到最後丫頭們相見時索性都用眼神對話，妳拋一個飛眼，我回以一個意味深長的眼神，一來一回含意豐富。我是看不懂她們在說什麼，不知道她們是如何理解對方的意思。

我指了指送飯的丫頭心蘭和心硯之間的「眉眼傳意」，問紅姑：「妳看得懂她們在說什麼嗎？」

紅姑說：「這有什麼看不懂的？心蘭看著心硯是問：『今天妳吃了嗎？』心硯搖搖頭，『沒吃。』心蘭皺著眉搖頭，『我也沒吃，好餓！』心硯偷瞟了妳一眼後，對心蘭點點頭，『待會我們背著玉娘，偷偷一塊吃吧！』兩人交換了一個眼神表示同意。」

我一口茶水全噴到了地上，一面咳嗽一面笑道：「紅姑，看來妳剛才進屋和心硯的幾個眼神交換，也是在問吃了沒有，相約待會一塊吃。」

紅姑氣定神閒地抿了口茶，「我問的不是：『今天妳吃了嗎？』，而是『今天妳喝了嗎？』」

我拿了絹帕擦嘴，「妳就胡扯吧！」

紅姑擱下茶盅，「不胡扯八道如何能讓妳笑？這幾日臉色那麼難看，妳難受，弄得我們一個個也難受。玉娘，何必和自己過不去？明明惦記著人家，心事重重的樣子，為什麼不去看一眼呢？」

我低著頭沒吭聲，心硯挑起簾子進來道：「玉娘，霍將軍府上的管家想見妳。」

紅姑立即道：「快請進來。」她站起身向外行去，「和事佬來了，我也鬆口氣了。再這麼壓抑下去，你們二位挺得住，我卻挺不住了。」

陳叔一進來，二話不說就要給我下跪。我不好去扶他，只能跳著閃避開，「陳叔，你有話好好說，這個樣子我可受不住。」

陳叔仍是跪了下來，容色暗沉，像是一夜未睡，「玉姑娘，當時石舫的孟九爺上門問我關於姑娘的事，一連跑了三趟，都是我把他擋了回去，也的確……的確給了對方臉色看。少爺雖命人扣下了車行的車夫，又封鎖涼州客棧的消息，但只吩咐我不許洩漏妳的行蹤，並沒讓我為難孟九爺。少

爺為人心高氣傲，又是個護短的人，根本不屑解釋，也不願辨白。老奴卻不能眼看著你們二人，因我當日行事差池而逐漸生分。」

我一口氣堵在心頭，艱澀地問：「陳叔，你為什麼要這麼做？如今這般局面，就是你希望去病得到的快樂嗎？」

陳叔默默無言，一轉身朝我磕了三個頭，我雖然盡力閃避，仍然受了他一禮。「你起來吧！事已至此，我還能如何？不管打罰都挽回不了什麼。你若想說話就起來說，我沒那習慣聽一個跪著的人說話。」

陳叔仍然跪著沒有動，半天一句話都沒有。我納悶地盯著他，他卻避開了我的視線，似乎要鼓起勇氣才能說出接下來的話，「少爺昨日出去騎馬，突然摔下馬，昏迷至今未醒。」

「什麼？你說什麼？」陳叔話裡的內容太過詭異，我雖聽到了，心卻好像拒絕接受，一時之間明白不過來。

陳叔穩著聲音說：「宮裡的太醫已經換了好幾撥，依舊束手無策。平日一副扁鵲再世的樣子，爭起名頭互不相讓，真有了病又滿口推託。宮裡已經亂成一片，皇上氣怒之下，只想把那幫廢物都殺了才解恨。若殺了他們能叫醒少爺，砍上一百個腦袋也沒什麼，只是現在還只能靠著他們救命。」

我終於聽懂幾分他的話，剎那間彷彿天塌了下來，震驚、慌亂、懼怕、後悔，諸般情緒翻滾在心中，顧不上陳叔，抬腳就向外衝。陳叔趕在我身後，一疊聲叫：「玉姑娘，妳慢一點，還有話沒

有說完。」

老遠便看見門口停著霍府的馬車，我腳下使力躍上了馬車，「立即回府。」

遠處陳叔大叫道：「等一下。」車夫遲疑著沒動，我搶過馬鞭，陳叔嚷道：「玉姑娘，我的話還沒有說完。聽聞石舫的孟九爺懂醫術，我想……」

我這才明白先前他為何不直接告訴我霍去病生病的事，而是又跪又磕頭的道歉，原來還有這麼一層原因。

陳叔跑到馬車前，喘著氣說：「請大夫不同別的，即使強請了來，人家若不肯盡心，一切也是枉然。我知道以姑娘的性子，肯定討厭我這樣繞著彎子說話，可我也是真覺得羞愧，不把話說清楚，實在難開口。如果孟九爺能把少爺治好，就是要我的腦袋賠罪，我絕不眨一下眼睛。」

我氣道：「你太小看九爺了！」心裡火燒一般地想見去病，卻只能強壓下去，把鞭子還給車夫，「去石府。」

陳叔立即道：「我先回去等著。」

◈ ◈ ◈

九爺正在案前看書，抬頭看到我時，手中竹簡失手摔到地上。他一臉不能相信的驚喜，黑寶石般的眸子光輝熠熠，「玉兒，我等了很久，妳終於肯再走進竹館。」

我心中一酸，不敢與他對視，「我來是想請你替去病治病，他從昨日昏迷到現在，聽說宮裡的太醫都沒有辦法。」

光輝剎那黯淡隱去，眼瞳中只剩黑影幢幢，透著冷，透著失望，透著傷痛。他什麼都沒有多問，只說了一個「好」字，就推著輪椅向外行去。

陳叔一直等在霍府門口，看到九爺時，老臉竟是百年難見的一紅，低著頭上前行禮。九爺溫和客氣地拱手回禮，陳叔的一張黑臉越發鬧得跟煮熟的螃蟹似的。

兩個僕人抬了個竹兜來，九爺詢問地看著陳叔，陳叔訥訥道：「府中不方便輪椅行走，用這個速度能快一點。」

九爺笑道：「讓他們把竹兜子放好，我自己可以上去，輪椅派人幫忙帶進去，一會還是要用的。」

陳叔只低著頭應好，看到他現在的樣子，想著不知當日要如何怠慢，才能今日如此陪盡小心，一個大老爺們一再愧得臉紅，我心裡有氣，出言譏諷道：「不知以前輪椅是如何在府中行走的？」

陳叔一言不發，低著頭在前面快走。九爺側了頭看我，眼中藏著的冷意消退幾分，半晌後低低說道：「我還以為妳心裡只顧著他了，絲毫不顧忌我的感受。」

剛進屋子，守在榻旁的衛少兒聽到響動立即衝了過來，見到九爺時，彷彿溺水之人看到一根樹枝，絕望中透著渴望。然而我連給她行禮也顧不上，就直直撲到了榻旁。

他靜靜躺在那裡，薄唇緊抿，一對劍眉鎖在一起，似有無限心事。從我認識他起，總覺得他像陽光一樣，任何時候都是充滿生氣、神采飛揚。我是第一次看見這樣的他，安靜到帶著幾分無助。

輕揉著他的眉間，我鼻中酸澀，不知不覺間已滿臉是淚，「去病，去病……玉兒在這裡呢！我錯了，不該和你鬥氣。」

九爺搭在霍去病腕上的手抖了一下，他握了下拳頭，想要再搭脈，卻仍然不成，轉頭吩咐：「取一盆冰水來，我淨一下手。」侍立一旁的丫頭立即飛跑出去。

九爺在仍漂浮著冰塊的水中浸了會手，用帕子緩緩擦乾，似乎在藉助這個冰冷緩慢的過程靜心，好一會後才又將手搭在霍去病的腕上。

我和衛少兒眼睛一瞬不瞬地盯著九爺的神情，彷彿想透過他叫醒去病。九爺微閉雙眼，全副心神凝注於指尖，屋中眾人都屏著呼吸，靜得能聽見盆子裡冰塊融化的聲音。

時間越久，我心中的恐懼越強烈，為什麼需要這麼長時間？九爺的面色平靜如水，一絲波瀾也沒有，看不出水面下究竟有什麼。待他收手，我緊盯著他，聲音裡有哀求有恐懼，「他不會有事，是嗎？」

九爺的眼睛漆黑幽暗，宛如古井，深處即使有驚濤駭浪，井口卻風平浪靜，什麼都看不出來。他沉默了一瞬，重重點頭，「他不會有事，我一定會設法讓他醒來。」我一直立在針尖上的心，方緩緩擱回原處。

他細細察看霍去病的臉色，耳朵又貼在霍去病胸口靜靜聽了好一會，手再次搭在霍去病的腕上，一面問道：「太醫怎麼說？」

陳叔扭頭看向垂手立在一旁的幾人，其中一個鬚髮皆白的老者上前道：「我們幾人都沒有定論，心脈雖弱，卻仍有規律。本來可以用藥石刺激，先喚醒將軍再做下一步調理。但將軍的症狀有些古怪，往常昏迷的人，只要撬開口，仍能灌入湯藥，可將軍卻拒不受藥，而針灸又沒有效果，翻遍了醫書也沒個妥當方法。」

九爺點了下頭，側頭對衛少兒道：「霍將軍是心氣鬱結，本來沒有什麼，可這引發了他在戰場上累積的內氣不調之隱症，偏偏霍將軍不同於常人，意志十分剛強，在落馬昏迷前一瞬，自保意識仍很強烈，導致現下拒絕外界強行灌入的藥湯。夫人，太醫們的醫術毋庸置疑，既然他們諸般方法都已經試過，我也不可能做得更好。不過……」

衛少兒太過焦急，聲音變得尖銳刺耳，「不過什麼？」

「不過在下倒有一個法子可以試試，但也只是我閒時琢磨病例的一個想法，沒有真正用過。」

衛少兒忙道：「先生請講！」

「人有五竅，口只是其中一個，皮膚也和五臟相通，藥效不能通過嘴巴進入五臟，不妨試試其他方式。我的想法是把將軍衣服全部褪去，置身密閉屋中，四周以藥草蒸。」

衛少兒扭頭看向太醫。太醫們彼此交換了一個眼神，一人說道：「藥氣蒸薰，從醫理來說，對迷症的病人實在不好，有可能加重病勢。但聽著的確不失一個讓藥效進入血脈和五臟的法子。一切還要夫人拿主意，我等不敢作主。」

衛少兒恨恨地瞪過他們，看著霍去病，臉色猶豫，半晌仍沒拿定主意。四周沒一個人敢出聲，唯恐萬一出了事無法承擔後果。衛少兒求助地看向夫君陳掌，但不是自己的骨肉，畢竟隔著一層，陳掌臉上似乎很焦急，嘴中卻只模棱兩可地說了句：「我聽夫人的意思。」

我起身向衛少兒行禮，「求夫人同意，拖得越久越不好。」

衛少兒聲音哽咽，「可是如果……如果病越發重了呢？」

我道：「九爺說了能救醒，就一定能救醒。」

衛少兒仍然猶豫著拿不定主意，我心裡越來越焦急，但我算霍去病的什麼人呢？此刻我才體會到名分的重要，明明是視若生命的人，我卻連一句話都說不上，只能哀求地看著衛少兒。

九爺的眼中夾雜著痛苦與憐惜，忽地對一直沉默坐在一旁的衛青行禮，「不知道衛大將軍的意思如何？」

惜言如金的衛青沒想到九爺居然把矛頭指向了他，細細打量了九爺兩眼，「二姐，事已至此，別無他法，只能冒一點險了，就讓孟先生下藥吧！皇上對去病極其重視，孟先生絕不敢草率，定是深思熟慮後才做的決定。」

衛少兒點了下頭，終於同意。

不愧是連劉徹都無可奈何的衛大將軍，一句話裡綿裡藏針，該做的決定做了，該撇清的責任撇清了，該警告的也都警告了，竟然滴水不漏。

九爺仔細叮囑陳叔要準備的事項，小屋子的門緩緩闔上後，我一動不動地盯著屋子。

直等到天色全黑透，小屋子裡仍然沒有任何動靜。只有九爺隔很久才一句的「冰塊」，僕人們

源源不絕地把冰送進去。

衛少兒唇上血色全無，我走到她身側想握她的手，她猶豫了下便任由我握了。兩人的手都涼如寒冰，可當握住彼此時，我們慢慢都有了些暖意。這一瞬，在這麼多人中，我們的痛苦焦慮有幾分相通。

她拽著我的手越來越緊，眼神漸漸恍惚，求救地看向我。我堅定地回視她，她支撐不住地把頭靠在我肩上，我背脊挺得筆直，一瞬不瞬盯著屋子。去病，你一定不可以有事，絕對不可以！

門無聲無息地打開，九爺面色慘白，嘴唇烏青，見我們都盯著他，手無力地扶著門框，緩緩點了下頭。眾人立即爆發一陣歡呼，衛少兒幾步衝進屋子，驀地叫道：「怎麼還沒有醒？」

幾個太醫立即手忙腳亂跑進屋察看，我轉身看向九爺，卻發現他已經暈倒在輪椅上。只有一個中年太醫瞟了眼霍去病身邊圍聚的人，趕到九爺身旁細細查看。

我的心一半在冰裡，一半在火裡，痛楚與愧疚揪得人幾乎要四分五裂。我剛才只急匆匆要去看霍去病，竟然沒留意到九爺已經暈倒，他暈倒前的一瞬究竟是何種心情？

「恭喜夫人，的確已經醒了。孟九公子為了調理霍將軍的身子，用了些安息香，所以一時半刻霍將軍仍會昏睡，並非昏迷。」幾個太醫一臉喜色，衛少兒太過高興，身子一軟坐到了地上。

聽到霍去病已經沒事，我一半的心算是放下，可另一半卻更加痛了。九爺垂在輪椅兩側的手白中透青，我詫異地握起他的手，如握著冰塊，「他怎麼了？」

中年太醫放下九爺的手，「他的身體本就比常人虛，屋內濕氣逼人，就是正常人待這麼多個時辰都受不住，何況他還要不停用冰塊替霍將軍降體溫，冰寒交加，能撐這麼久真是一個奇蹟。」

我用力搓著九爺的手，一面不停地對著手呵氣。陳叔對太醫行禮，「還請太醫仔細替孟九爺治療，待將軍醒了，必有重謝。」

太醫一擺手道：「為了救人連自己的命都不顧的大夫，我是第一次見。不用管家吩咐，我也一定盡心。」

我對陳叔吩咐：「麻煩你準備馬車，我們先送九爺回石府。」

陳叔看向仍然睡著的霍去病，「將軍醒來時肯定盼望能見到妳。」

仿若眾星拱月，霍去病的榻前圍滿了人，從太醫到丫頭還有眾親戚們，「我盡快回來，現在我在不在都一樣。」

陳叔看著九爺蒼白的面容與烏青的唇，臉上帶了不忍，微微一聲嘆息，「玉姑娘，您放心去吧！少爺這邊我們都會盡心照顧。」

上馬車時，抬竹兜子的僕人想幫忙，我揮手示意他們讓開，自己小心翼翼地抱起九爺，輕輕躍上了馬車。那個中年太醫跟著上來，讚道：「好功夫！一點都沒有晃到病人的身體。」

我強擠了一絲笑，「過獎了，還沒有請教先生貴姓。」

他道：「鄙姓張，其實我們已經見過面，當時霍將軍請過我去石府，替姑娘看病。」

「原來早就麻煩過張太醫。」

他搖了下頭，「以孟九爺的醫術，根本用不上我，能有機會聽聽孟九爺講醫術，我該多謝姑

娘。」

張太醫親自煎了藥，幫我給九爺灌下，又細心囑咐我和天照該注意的事項後才離去。出石府時九爺還一切正常，回來時卻已人事不知，天照倒還罷了，石伯卻明顯不快起來，幾次看著我想說話，都被天照硬是用眼神求了回去。

我怕九爺想喝水或有其他要求，所以一直守在榻側。九爺睡得不太安穩，似乎夢裡也在擔心著什麼，眉頭時不時皺起，臉上常有痛苦掠過。

我第一次這麼近距離看他，第一次這麼毫無顧忌地打量他。他也是第一次完全沒有掩飾自己，沒有用春風般的微笑遮掩其他表情。

我俯在他枕旁，輕聲哼著一首牧歌：

「……在木棉樹空地上坐上一陣，
把巴雅爾的心思猜又猜。
在柳樹蔭底下坐上一陣，
把巴雅爾的心思想又想。
西面的高粱頭登過了，
把巴雅爾的背影望過了。
北面的高粱頭登過了，
把巴雅爾的背影從側面望過了。

東面的高粱頭登過了，
把巴雅爾的背影從後面望過了。
……
種下榆樹苗子就會長高，
女子大了媒人就會上門。
西面的高粱頭登過了，
巴雅爾把我出嫁的背影望過了。
北面的高粱頭登過了，
巴雅爾把我出嫁的背影從側面望過了。
……
東面的高粱頭登過了，
巴雅爾把我出嫁的背影從後面望過了。
……」

九爺的眉頭漸漸舒展，人睡得安穩起來。我反覆地哼唱著歌謠，眼中慢慢浮現淚花。這是一首在匈奴牧民中廣泛傳唱的歌謠，講述貴族小姐伊珠和奴隸巴雅爾的愛情故事。

小時候，我曾看過於單的母親閼氏聽到這首歌時怔怔發呆，眼中隱隱有淚。當年我一直沒聽

懂，怎麼先是伊珠在高粱地裡望著巴雅爾的背影，後來又變成了巴雅爾在高粱地裡望她的背影呢？

感覺有手輕拂著我的臉頰，我立即清醒過來。不知何時迷糊了過去，我的頭正好側靠在榻上，此時九爺側身而睡，恰與我的臉相對，彼此呼吸可聞。他的手指從我的額頭慢慢滑下，眉毛、眼睛、鼻子、嘴唇、下頷，似乎在記憶著，留戀著，鐫刻著；他的眼睛深邃幽暗，裡面竟似天崩地裂，匯聚著五湖四海的不甘後悔，八荒六合的傷痛悲哀。

我被他的眼睛所惑，心神震盪。他總是淡定的、從容的，再多的悲傷到了臉上也只化作一個微笑。他漆黑瞳孔中兩個小小的我，一臉的驚慌無措、恐懼害怕，卻又倔強地緊抿著唇角。

他緩緩收回了手，忽地笑起來，又是那個暖如春風的微笑。風息雲退，海天清闊，卻再看不清眼睛深處的東西。他強撐著身子往榻裡挪了挪，示意我躺到他身旁。我的動作先於思考，想清楚前，人已經躺在了榻上。

兩人中間隔著一掌的距離，默默無語地躺著。好一會後，他笑看著我道：「把妳先前唱的歌再給我唱一遍。」

我木木地點點頭，清了清嗓子，「……在木棉樹空地上坐上一陣，把巴雅爾的心思猜又猜……北面的高粱頭登過了，把巴雅爾的背影從側面望過了。東面的高粱頭登過了，把巴雅爾的背影從後面望過了……種下榆樹苗子就會長高，女子大了媒人就會上門。西面的高粱頭登過了，巴雅爾把我出嫁的背影望過了……東面的高粱頭登過了，巴雅爾把我出嫁的背影從後面望過了……」

歌聲完了很久，兩人都還是一動不動地躺著。

他的聲音輕到幾乎無聲，「巴雅爾怎能那麼笨，為什麼從沒回過頭去看伊珠呢？他為什麼總是讓伊珠去猜測他的心思？他為什麼不把心事告訴伊珠呢？他比草原上最狡猾的狐狸還聰明，卻不懂伊珠根本不會嫌棄他的出身，也不會害怕跟著他受苦。」

我因為下意識認定他不懂匈奴語，才放心大膽唱這首歌，卻忘記了他的博學，也忘記了匈奴帝國強盛時，西域諸國都臣服於匈奴，匈奴話在西域各國很流行。驚慌下，我問了句傻話：「你懂匈奴話？你知道牧歌傳唱的巴雅爾和伊珠的故事？」

他半吟半唱，「雲朵追著月亮，巴雅爾伴著伊珠，草原上的一萬隻夜鶯也唱不完他們的歡樂！」他的眼睛一眨不眨地凝視著我，「巴雅爾雖然辜負過伊珠，但歌謠唱到最終他們還是快樂幸福地在一起了，妳相信歌裡唱的嗎？」

我沒回答他的問題，自顧說道：「我要走了。」

他轉過了頭不看我，輕聲道：「我真想永遠不醒，妳就能留在這裡陪我，可妳會焦急傷心。」我剛才唱歌時忍著的淚水，突然就湧了出來，忙跳下榻，背著身子把眼淚抹去，「你好好養身子，我有空時再來看你。」

說完想走，他卻猛地抓住我的手，一字字慢慢問道：「玉兒，告訴我！妳心裡更在乎誰？不要考慮什麼諾言，什麼都不考慮的話，妳會想誰更多一些？妳願意和誰在一起？」

我緊咬著下唇，想要抽手，他卻不放，又把剛才的問題慢慢重覆了一遍，我嘴唇哆嗦著想說什麼，卻一個字也說不出來，身子不停抖著。

他見我如此，眼中有心疼憐惜也有心痛不捨，各種感情夾雜一起，一下鬆開了手，「妳去吧！」

我不敢回頭，飛一般地跑出了屋子。迎著冷風奔跑在夜色中，心卻依舊不能平復，這樣子如何見去病？他若沒醒還好，若醒來，以他的精明豈看不透我的強顏歡笑？

第二十九章

心慟

回眸看到九爺幸福的笑意，
我驀地全身力氣盡失，望著九爺無聲大哭起來。
我咬著手，眼淚像決堤的洪水，奔騰著湧出，
卻流不完內心的悲傷，五臟都在抽痛。
求求祢，老天，對他仁慈一回，
讓他明天醒來時，忘記今晚的一切，全部忘記，全部忘記……

心中實在難受，也顧不上其他，我對著月亮一聲長嚎。剎那間，長安城內一片聲勢驚人的雞鳴狗叫，原本漆黑的屋子一間間透出燈火，人語聲紛紛響起。

我悄悄地離開，一面跑，一面笑了。人總該學會苦中作樂，生活本身沒什麼樂事的時候，更該自己去製造些快樂。

我逮了個黑燈瞎火的角落，又扯著嗓子嚎叫一聲。剛才的場面立即重現，我東邊叫一嗓子，西邊嚎一嗓子，把整個長安城鬧了個人仰馬翻，雞犬不寧。

街上漸漸亮如白晝，連官府差役都被驚動，一個個全副武裝出來逮狼，有人說兩三隻，有人說十隻。

街邊的乞丐成為眾星捧月的人物，人群圍聚在他們周圍詢問是否看到了什麼。乞丐平日哪能如此受歡迎？個個滿臉光輝、嘴裡唾沫亂噴、比手劃腳地說看見了一群，越說越誇張，引得人群一聲聲驚呼。也許平靜日子過久了，眾人不是害怕，反倒個個滿臉興奮刺激，翹首盼望著發生點什麼新鮮事。

我眼珠子轉了幾圈，想著鬧都鬧了，索性再鬧大些，圖個開心，也讓大家玩得盡興一回。瞅到一個披著黑斗篷的人經過，看四周無人注意，悄悄躍到他身後一記悶棍敲暈了。等扒下他的斗篷後，才發現居然是個官老爺。這……我頭有些疼，這好像比我想的嚴重了。算了！敲都敲了，後悔也晚了。

披上斗篷，拿帕子把頭包起來，我藏在屋頂一角，「嗚」的一聲狼嘯，飛簷走壁無所顧忌。屋頂上一溜人追在身後，街道下扶老攜幼，牽家拖口，擠得密密麻麻，和看大戲一樣。有官差被我踢下屋頂，人群中居然還有鼓掌和叫好聲。

好漢難敵群毆，官差越來越多，似乎全長安的兵丁都來捉我了。原打算戲耍他們一圈後就逃之夭夭，沒想到官差中有些功夫不弱的人，剛開始追捕我雖有些各自為政，現下指揮權似乎已歸於一人手中，調度有方，攔截得力，把我慢慢逼向了死角。

果然是天子腳下！心中暗讚一聲，我急急尋找出路，若真被抓住可有得玩了，只是恐怕我現在

玩不起。

我不願取人性命，下手都是點到即止，左衝右突卻仍舊被困在圈子裡。左右看了看地形，要嘛被抓，要嘛決定下殺手衝出，要嘛只能……

縱身翻入霍府，追趕在後的官差們顯然知道這是誰的府邸，果然都停住了步伐。我偷偷吐了下舌頭，估計待會就有品級高些的官員敲門求見，陳叔的覺算是泡湯了。

我掩著身子到去病的屋子，偷偷瞅了一眼，竟然沒有丫頭守著，只他一個人睡在榻上。心中又是納悶又是氣，陳叔這個老糊塗，怎麼如此不上心？

走到榻旁，俯身去探看他，沒想到他猛地睜開眼睛，我被嚇得驚呼聲剛出口，已被他拽進懷中摟了個嚴嚴實實。我笑著敲他胸口，「竟然敢嚇唬我！難怪丫頭一個都不見呢！」

他卻沒有笑，很認真地說：「我一直在等妳。如果天亮時妳還不回來，我就打算直接去搶人了。」

我哼了一聲，「強盜！」

他笑著在我額頭親了一下，「強盜婆子，妳怎麼打扮成這樣子？」

我朝他做了個鬼臉，掙脫他的胳膊，脫下斗篷又解下頭上包著的帕子，「你慘了，說不定明日就有人上奏皇上說你窩藏飛賊。我今晚可是把整個長安城的官差都給引出來了。」

他側身躺著，一手撐著頭笑問：「妳偷了什麼東西？」

我不屑地皺了一下鼻子，「就是好玩，胡鬧了一場。」

他拍了拍床榻示意我躺過去，我鑽進被窩，縮進他的懷中，「我看你一點都不像剛病過一場的人，怎麼這麼精神？你還有什麼地方不舒服嗎？」

他皺著眉頭道：「別的都感覺正常，只有一個地方不舒服。」

我心中一緊，「哪裡？天一亮就叫人去請太醫。不行，現在就讓陳叔去請。」說著就要跳下榻，他一手摟著我肩，一手握住我的手，牽引著我緩緩滑過他的小腹，向下放去，「這裡不舒服。」

手被摁在他的火燙欲望上，「你……」我登時又惱又羞，漲了個滿臉通紅。

他笑著湊近我耳旁輕聲道：「妳多久沒主動親近過我了？原來病一場還有這樣的好事，早知道早些生病了。難得妳肯投懷送抱，我若沒點反應，豈非對不起妳這個自稱『花月貌，冰雪姿』的美人？」

我啐道：「小淫賊！」

他一面吻著我的耳朵，一面含含糊糊地說：「玉兒，妳願意給我生個孩子嗎？我如今暫且不能娶妳，但我這輩子是賴定妳了。反正是早晚的事情，若你不介意目前沒有個名分，我就不忍了。」

我笑扭著身子閃避他的吻，還沒有答話，屋外陳叔的聲音響起，「少爺！」

霍去病沒有理會，依舊一面逗著我，一面低聲問：「願意不願意？」我大氣不敢喘，唯恐陳叔聽見什麼，可他卻毫不在意，我越是緊張，他越是來勁，索性在我臉頰上響亮地親了一下。

「少爺！少……」陳叔的聲音卡了好一會，才又輕飄飄地喚了一聲：「少爺……」

霍去病無奈地嘆口氣，嘀咕道：「怎麼關鍵時刻總有些不應景的人出現？」隨即揚聲問：「什麼事？」

陳叔道：「衛尉大人深夜求見，說有流匪逃入府中，求少爺幫忙清查一下府邸。我來問少爺一聲，拿個主意。」

霍去病道：「有什麼好問的？這點事情你還拿不了主意？」

陳叔道：「府中警戒不比宮中差，沒有人能不驚動上百條良犬就進入府中，而且聽聞今晚長安城裡有狼群鬧騰，所以我琢磨著……琢磨著……」

我看他話說得實在辛苦，替他接道：「陳叔，是我半夜溜進來的。」

陳叔一下鬆了口氣，話說得順暢了不少，「我正是這麼推測的，便把衛尉大人擋回去了。結果不一會中尉大人又來求見，一臉愁苦地說有人賊膽包天把太子少傅敲了一悶棍，少傅大怒，揚言不抓到賊人，定會參他們一個『怠忽職守』，我又擋了回去。」

霍去病側身躺著，神態無限慵懶，視線斜斜地睨著我，伸手彈了一記我的額頭，只是笑，「得了！回頭我親自去一趟少傅府。說更嚴重的吧！現在又是誰來了？」

我起先還納悶怎麼黑夜裡一個大官捂得嚴嚴實實，獨自一人在長安城中晃蕩，原來如此。我俯在霍去病耳邊嘀咕幾句，他又是好笑又是詫異地瞅著我，搖搖頭表示不同意。

陳叔回道：「李敢大人奉了郎中令李將軍的命令來拜見，說為了霍將軍的安全，也為了長安城的律法，請我們協助他們逮捕逃入霍府的刺客，現在正在廳上候著。」

霍去病臉色沉了下來，冷著聲問：「李敢說是刺客？」

陳叔低聲道：「是！」

郎中令掌宮殿掖門戶，他們指我是刺客，那不就是說我刺的是……皇上？

我苦著臉說：「似乎闖大禍了。這麼一座大山壓下來，李妍想壓死我嗎？」

霍去病立即問道：「李妍？這話怎麼講？」

我掩住嘴不敢看他，眼珠子骨碌亂轉，半晌都沒有一句話。

他搖了下頭，「不知道妳在忌諱什麼。」又對陳叔吩咐道：「李三既已猜到是玉兒，那也不用瞞他。直接告訴他，是我霍去病和我的女人深夜無聊，兩人鬧著玩了一場，不小心驚擾他們，實在抱歉。我們現在正在榻上歇息，他若想逮人就直接過來，我候著。正好沒見過長安的牢房長什麼樣子，難得他肯給個機會讓我們見識見識。」

我揪著他的衣服，皺眉瞪眼，「不許這麼說，絕對不行……」屋外陳叔靜默了一瞬，又趕忙應了聲是，匆匆離去，可我聽著他的腳步聲倒有些喝醉酒的感覺。

我趴在枕上，捂著臉道：「霍去病，你是在整治李敢，還是在整治我？我怎麼覺得你對我滿腔怨氣呢？」

「一半一半。不過此怨氣非彼怨氣，而是床笫間的怨氣。」他笑著掰開我的手，在我鼻尖上印了一吻，「李敢心思縝密，何況這次他又是設局人，和他對招，我不見得能想過他。索性無賴一下，把他暗處布置好的局全給打亂，看他怎麼辦。他若一時受激，行錯一步，我們正好反過來逗逗

他。」

這個人打仗不講兵法，行事也不按世情。我的臉皮實在厚不過他，一轉身側躺著睡覺，他笑問：「妳這就睡了？」

我哼道：「天快亮，我可是在長安城的屋頂上折騰了一夜，你若不讓我好好睡覺，我就回自己那邊了。」

他從背後環抱住我，輕聲說：「睡吧！」

我抿嘴一笑，「天亮後，你真要去少傅府嗎？」

他笑道：「妳說我無賴，妳的法子也是夠下三濫。他是太子的師傅，不算外人，我還是親自去一趟的好。」

這位太子少傅背著家裡的悍妻，在外面討了一個容貌秀美，擅琴懂詩的外室。此事他雖做的隱密，可我當初透過歌舞坊、娼妓坊和當鋪的生意，仔細收集朝中各官員有失檢點的行為。聽到陳叔說是太子少傅，我立即明白他是從外室那邊出來，便給去病出主意，直接派人去問少傅一聲，是他的怒氣重要，還是夫人的怒氣重要？少傅肯定立即偃旗息鼓，什麼賊子不賊子也顧不上了。可沒想到在這件事情上，去病又做起君子來。

睏意上湧，我掩著嘴打了一個呵欠，他忙道：「趕緊睡吧！」我「嗯」了一聲，暫且拋開一切，安心地睡去。

醒來時已是晚飯時分，去病不在府中，陳叔說他進宮了，打發人帶話說一時回不來，讓我自己一人吃晚飯。我記起出門時急匆匆，沒給紅姑說一聲，便決定先回園子。

剛進門，紅姑就迎了上來，「石舫……」她拍了一下腦袋，「現在已經沒有石舫了。石天照派人來請妳去一趟石府。」

見我猶豫著沒有動，紅姑又道：「來人說請妳務必去一趟，好像是九爺身體不太好。」

晚上走時他的身體還很是不妥當，我的心一下不安起來，急匆匆地說：「那我先去一趟石府，妳幫我留著晚飯，若無大礙，我會盡量趕回。」紅姑笑應了。

剛到石府門口，就看到天照坐在馬車上等我，「讓我好等！九爺人在城外的青園，我接妳過去。」

不等他話說完，我趕著問：「究竟怎麼了？他身體還沒有好，怎麼就到城外去了？」

天照輕嘆一聲，「九爺體內寒氣本就偏重，此次外因加內因，病勢十分重。他為了讓妳放心，特意強撐著做了個樣子，妳剛走不久，他就陷入昏迷。張太醫來後，命我們把九爺移到青園。」

我內心大慟，他可不可以少自以為是的為我考慮，多為自己著想幾分？若身子真有什麼事情，他讓我如何自處？又怎能心安理得的幸福？

長安城內還是一片天寒地凍，樹木蕭索。青園卻因地熱影響，已是春意融融。粉白的杏花，鵝黃的迎春，翠綠的柳葉，一派溫柔旖旎。我和天照都無心賞春，快步跑向九爺的屋子。

九爺依舊昏睡未醒，額頭滾燙，細密的汗珠不停涔出。我從丫頭手中接過帕子，「我來吧！」帕子一遍遍換下，他的體溫卻依舊沒下降，嘴脣慢慢燒得乾裂，我拿軟布沾了水一點點滴到他的脣上。

他燒得如此厲害，卻依舊時不時叫一聲「玉兒」。他每叫一聲，我就立即應道：「我在。」他眉宇間的痛苦彷彿消散一些，有時脣邊竟會有些笑意。

天照道：「現在妳明白我為什麼非要接妳過來了嗎？妳在這裡和不在這裡，對九爺病情大不一樣。」

趕來看九爺的小風，一進門就匆匆和天照說了幾句，天照要叫我過去，小風又是擺手又是跳腳地阻止，天照卻毫不理會，「玉兒，我們不想瞞妳任何事情，霍將軍已派人去石府找了妳好幾次，大半夜地又親自去了石府。妳要想走，我現在派人送妳回去。」

守了整整一夜，此時已近天明，我焦急憂慮中無限疲倦，掩著臉長嘆口氣，走到水盆前撩了些冰水澆在臉上，望著依舊昏迷不醒的九爺道：「不用了，我在這裡等九爺醒來。」

直到中午時分，九爺才退燒，我一直繃著的心總算略鬆幾分。

九爺緩緩睜開眼睛，看到我時，一下露了笑意，「總算找到妳了。妳跑到西域哪裡了？幾乎要把西域翻遍了，都沒有妳的消息。玉兒，不要生我的氣，都是我的錯，我看到妳竹箱子裡的絹帕後，才知道自己錯得有多厲害……」

我心中詫異，剛想說話，一側的張太醫忙向我搖頭示意。我對九爺柔聲回說：「我喝口水就回來。」

九爺直盯著我，眼中滿是疑慮。我微笑著道：「喝完就回來，我哪裡都不去。」他釋然地點了下頭。

剛出了屋，我還沒有開口，天照就立即問：「怎麼回事？不是燒退了嗎？怎麼九爺還在說胡話？」

張太醫忙道：「不要緊，高燒了一天一夜多，雖然燒退了，但人還沒完全清醒。且他現在精神虛弱，會將不愉快的事情都忘記，只按照自己喜歡的去記憶。好好睡一覺，休息好了自然就會好。現在千萬不要刺激九爺，他的身心都處於最軟弱放鬆的狀態，是最容易受傷害的狀態，一個不小心只怕病上加病，你們順著他的話說就行，等他一覺醒來，自然就好了。」

天照聽完，一句話都沒說，只向我深深作揖。我沉默地點了下頭，轉身回屋。

九爺的眼睛一直盯著簾子，見我掀簾而入，臉上的歡欣剎那綻放。那樣未經掩飾的陶醉和喜悅，撞得我的心驟然一縮，疼得我呼吸都艱難。

我扶著九爺靠在軟枕上，接過丫頭手中碗筷準備餵他吃飯。

他示意我把窗戶推開。窗外是環繞而過的溫泉，水波中時有幾點杏花瓣漂流，一座曲折長廊建在溫泉之上，連接著溫泉兩側，廊身半掩在白色水霧中，恍如置身仙境。

「……聽說有一次祖母在此屋內靠窗彈琴，祖父必須外出談一筆生意，不得不離開。他一面

走，一面頻頻回頭看祖母，府中的人便打趣地稱這條長廊為『頻頻廊』，祖父得知後，引以為喜，索性延用……」不知何時，屋內只剩我和九爺，寧靜中只有九爺的聲音徐徐。

他握住了我的手，「祖母身體不好，在我出生前就已經過世，我常常想著祖父和祖母牽手走在這座長廊上的情景，覺得人生能像祖父一半，已非虛度。玉兒，我這些話有沒有遲一步？妳還肯讓我陪妳賞花嗎？」

我的手抖得厲害，他越握越緊。我遲遲沒有回應，他的雙眼中慢慢蕩起了漩渦，旋轉的都是悲傷，牽得人逃不開，痛到極處，心被絞得粉碎。

我猛地點了下頭，「願意。等你身體好了，我們去天山看雪蓮。」

這句話像傳說中的定海神針，一句話落，他眼中的驚濤駭浪剎那平息。他握著我的手歡快地笑起來，笑聲中低喃道：「老天，謝謝祢，祢沒有待我不公，祢給了我玉兒。」

我的眼中浮起了淚花，老天的確待你不公，親人早逝，健康不全，雖有萬貫家財，卻是天下最可怕的枷鎖，鎖住了你渴望自由的心。

「玉兒，妳哭了嗎？我又讓妳傷心了……」

我擠了一個笑，「沒有，我是高興的。大夫說你要保持平靜的心情，要多多休息，你要睡一會嗎？」

他伸手替我拭去眼角的淚，緊緊抱住我，用力的似乎要把我永遠禁錮在他懷中，「玉兒，玉兒，玉兒……我們以後再不分開。自妳走後，我就加快了計畫，希望盡早從長安抽身。等我安排好

一切，我們就去西域，買兩匹快馬，一定跑得很快，消失得很徹底。」

「好。」我的眼淚一滴滴落在他的肩頭。

「我一直想做個純粹的大夫，等把西域的一切安排妥當後，我們就在官道旁開一間小醫館，我替人看病，妳幫我抓藥，生意肯定不錯。」

我說：「以你的醫術，生意肯定好得過頭，我們會連喝茶的工夫都沒有。」

「那不行，看病人雖然重要，可我還要陪妳。我們掛一個牌子，每天只看二十人。」

「好，別的人如果非要看，我就幫你打跑他們。」

「我們可以在天山上搭一間木屋，夏天去避暑。」

一切像真的，我的淚水紛落，恍惚地笑著，「冬天可以去吐魯番的火焰山。」

「玉兒，喀納斯湖的魚味道很好，我烤給妳吃。妳還沒吃過我烤的魚吧？配方是我從古籍中尋出來的，傳說是黃帝的膳食譜，不知道真假，但味道的確冠絕天下。」

「嗯，聽牧民說喀納斯湖的湖水會隨著季節和天氣變換顏色，有湛藍、碧綠、黛綠、灰白等將近二十種顏色，我隨狼群去過兩次，只看過兩種顏色。」

「那我們索性在湖邊住上一年，把二十種顏色都看全了。玉兒，妳還想去哪裡？」

九爺在我肩頭沉沉睡去，眉目舒展，脣邊帶著笑。

我輕輕將他放回枕上，起身關窗。窗外正是夕陽斜映，半天晚霞如血。回眸看到九爺幸福的笑意，我驀地全身力氣盡失，癱倒在牆邊，望著九爺無聲大哭起來。我咬著手，眼淚像決堤的洪水，奔騰著湧出，卻流不完內心的悲傷，五臟都在抽痛，整個人痙攣顫抖地縮成一團。

求求祢，老天，對他仁慈一回，讓他明天醒來時，忘記今晚的一切，全部忘記，全部忘記……

第三十章

競舞

那舞孃靜靜看了我一會，朝我一笑，
舞步轉換，竟然也是一支匈奴舞。
我和她交錯舞過霍去病面前，
他一改先前淡淡品酒的樣子，
興致盎然地看看我又看看她，
似乎還真在我們之間挑選著哪個更好。

我不知道自己是怎麼回到園子的，整個人像被掏空了，累得只想倒下。進屋看見几案上的幾個陶器都被掃到地上，滿地狼藉。我重嘆了口氣，匆匆轉身去霍府。

陳叔看到我立即道：「少爺昨晚從宮中匆匆趕回，特意到一品居買了幾樣妳愛吃的點心，說還來得及和妳一塊吃晚飯。看妳不在，他要去接。走的時候興沖沖的，一夜未歸，我以為他歇在妳那邊了。結果今晨回來，一個人不吃不喝鎖在屋裡，誰都不讓進。妳來之前，他剛出門，臉色極難看。聽紅姑說他從昨日起就沒吃過東西，昨夜在妳屋中守了一夜。」

陳叔盡力把語氣放緩，「玉姑娘，孟九爺的確是好男兒，我們也的確對不起他……」他的臉上又現了愧色，「可少爺對妳也是全心全意，為了妳，連皇上的賜婚都推拒了。除了皇后娘娘和衛青大將軍外，他和家裡其餘長輩的關係也弄得很僵。我對妳有愧，不敢多說什麼，只是……唉！」

去病的身體剛好不久，雖然看上去沒事，但怎麼禁得住如此折騰。我太過擔心，語氣不禁帶了責備，「你們怎麼不勸勸他呢？」

話剛問出口，我就知道自己糊塗了。去病豈是聽勸的人？我忙向陳叔道歉，「我說錯了，你知道去病去哪了嗎？」

陳叔搖了搖頭，「少爺沒讓人跟，也許去夫人那邊，也許去公主府，也許去公孫將軍府，也許找地方喝酒去了。」

「我去找他。」

◈ ◈ ◈

從平陽公主府到公孫將軍府，從公孫將軍府到陳府，又找遍長安有名的酒樓、歌舞坊，卻全無蹤影。

從天香坊出來時已是半夜，我站在天香坊的燈籠下，茫然地看著黑沉沉的夜。去病，你究竟在哪裡？

心中抱著一線希望，想著他也許已經回府，急匆匆趕回霍府，守門的漢子一見我就搖了搖頭，「將軍還沒回來。陳管家也派了人四處找，還沒找到。」我一言不發又走回夜色中，電光石火間，心中忽然想到他也許會在某處。

剛過十五未久，天上還是一輪圓月，清輝流轉，映得滿山翠綠的鴛鴦藤宛如碧玉雕成。

我沿著鴛鴦藤架奔跑在山間，「去病！去病！」一疊疊聲音迴盪在山谷間，翻來覆去，卻全是我一個人的聲音。

從山腳到山頭，整座山只有風吹過鴛鴦藤的聲音回應著我。霍去病，你究竟在哪裡？霍去病，你要離開我了嗎？

從前天起我一直繃著，根本沒休息過。悲傷之中我再也支撐不住，精疲力竭地跪坐在地上，捂著臉似笑似哭地發著自己都不明白的聲音。

這段時間，我就像石磨子上的豆子，被上下兩塊石頭碾逼得要粉身碎骨。他們兩塊石頭痛苦，可他們知不知道我承受的痛苦？

一雙手把我的手掰開，黑沉沉的眼睛只是盯著我，一句話也不說。我還以為他根本不會出現了，瞅了他半晌，愣愣問了句：「你還要我嗎？」

「我以為妳不會再回來。」他眼中幾分痛，幾分喜，一字字道：「以前沒得到時，我就說過絕不放手，現在更不會。」

我一顆懸著的心立即落回原處，嘆了口氣窩進他懷裡，「我好累，好累，好累！你不要生我

的氣，九爺為了替你治病，病得很重，我就留在那邊……」他忽地吻住我，把我嘴裡的話都擋了回去，熱烈地近乎粗暴，半晌才分開。

我太過疲憊，腦子不怎麼管用，傻傻地問：「你不想知道究竟發生了什麼？」

他的眼神不同於剛才的沉黑，此時裡面盛滿了璀璨的星子。他笑著湊到我唇邊又吻了一下，「我只要知道這件事只有我能做就行。不管怎麼說，你們認識在先，而且我在整件事上行事手段不夠君子，今日的局面我也有錯。人非草木，孰能無情？有些事不是說忘就能立即忘，我知道妳已經盡力，我會給妳時間。」

雖然陳叔來道過歉，可霍去病那日拂袖而去，之後也沒看出有半點悔意。他這場突如其來的病，讓我不想再糾纏於過去，只能選擇努力忘記。

他第一次說出這樣的話，不是逼迫而是願意給我時間，願意相信我。我心頭暖意激蕩，原本藏在心裡的委屈氣惱和不甘都煙消雲散了。

我伸手緊緊摟住他，一切盡在不言中。我的動作就是對他的最好答案，他喜悅地輕嘆了一聲，緊緊抱住了我。

兩人身體相挨，肌膚相觸，我下腹突然感覺一個硬邦邦的東西抵著我，兩人之間原本溫情脈脈的氣氛立即走了樣。他不好意思地挪動了下身子，「我沒有多想，是它自己不聽話。」難得見他如此，我俯在他肩頭只是笑。

他身子僵硬了一會，扭頭吻我的耳朵和脖子，「玉兒，我很想妳，妳肯不肯？」

我的臉埋在他胸前，輕聲笑著沒答話，他笑起來，「不說話就是不反對了？玉兒，如果有孩子了，怎麼辦？」

我俐落回道：「有孩子就有孩子唄！難道我們養不起？」

原以為他會很開心，不料他居然沉默下來，臉上一絲表情都沒有，冷靜地問：「即使妳有孕後我仍舊不能娶妳？妳明白這意味著什麼嗎？妳知道別人會怎麼說妳嗎？」

我點了下頭，他猛一下把我抱起，急急向山谷間掠去。

剛開始我還不明白他什麼意思，怎麼不是回府的方向？可一想到天下間能有什麼事是他做不出來的，我大驚失色，「你想幹什麼？你不是想在這裡那個……那個吧？」

他笑得理所當然，「知我者，玉兒也！那邊有處溫泉，泡在裡面絕不會冷。以地為席，以天為蓋，又是在水中，只怕其中滋味妙不可言，比房中肯定多了不少意趣。況且我已忍了半年，既然彼此都想通了，我多一刻也不想等了。」

「可是……可是天快要亮了！」

他把我輕輕放在溫泉邊的石頭上，替我解衣衫，「那不是正好？黑夜和白晝交替時分，正是天地陰陽交會時刻。妳還記得我給妳找的那些書嗎？書上說此乃行房中祕術最佳時刻……」說著，他已帶著我滑入溫泉中，語聲被水吞沒。

他怕我凍著，下水得匆忙，頭上玉冠依舊戴著。我伸手替他摘去，他一頭黑髮立即張揚在水中，此情此景幾分熟悉，我不禁抿了唇輕笑。

他愣了下，反應過來，把我拉到身前深深吻住。一個綿長的吻，長到我和他浮出水面時都大口喘著氣。他大笑著說：「差點忘了當日的心願，那日在水裡就想親妳的，可妳太凶了，我不過牽牽手，妳就想廢了我。玉兒，當日真讓妳一腳踢上，現在妳是不是要懊悔死？」

我哼了一聲，嘴硬地說：「我才不會懊悔。」

「那是我懊悔，悔恨自己當日看得著卻吃不著！不過今日我可就……」他笑做了個餓虎撲食的樣子，一下抱住了我，吻如雨點般落在我的臉上，脖子上，胸上……

◈ ◈ ◈

宮中太醫再診過去病的脈後，只說一切正常，反倒張太醫診過脈後，隔日開了張單子，沒有用藥，只透過日常飲食調理。張太醫為何遲一日才開藥方的原因，我和陳叔心知肚明，但都沒有在去病面前提起。

去病看了眼單子上列的注意事項，鼻子裡長出了口氣，把單子扔回給我，擺明一副不想遵守的樣子，「這也不能吃，那也不能吃，我能吃的也不多了。」可看到我瞪著他，又立即換了表情湊到我身旁，嬉皮笑臉道：「別氣！別氣！只要妳天天讓我吃妳，我就一定……」

他話沒說完已逃出了屋子，堪堪避過一個緊追而至的玉瓶子。「嘩啦」一聲，瓶子砸碎在門口，屋外立著的兩個丫頭都被嚇得跪了下來。他隔著窗子笑道：「我上朝去了，盡早回來。」

我忙追到外面，「等等，我有話問你。」

他沒回頭，隨意擺了擺手，「知道妳擔心什麼，我們兩個又不是沒夜晚溜進宮中，當日還和皇上撞了正著。他們要奏就奏，要彈劾就彈劾，皇上不但不會理，反倒會更放心……」說到後來語音漸含糊，人也去得遠了。

我側頭想了一瞬，除非李敢有別的說法和證據，否則那些的確還不足為懼。

一回身，丫頭輕舞和香蝶仍舊跪在屋前，「妳們怎麼還跪著？快起來。」

兩個丫頭側頭看霍去病的確走遠了，才拍拍胸口站起來。香蝶手快嘴也快，一面拿了掃帚清掃，一面道：「自小做奴才習慣了，一聽見主人屋裡傳來什麼砸東西的聲音，就馬上下跪，再來就是一句『奴婢該死』，其實究竟發生了什麼事，我們根本不知道。」

我笑道：「妳們怎都那麼怕將軍呢？我從沒看見他責罰下人。」

輕舞抿唇笑著，一句話不說，只低頭用帕子擦地。香蝶想了一會回道：「是呀！的確沒真正責打過誰，可反正我們就是怕。我聽別的姐妹說，其他府裡丫鬟都盼著能分到年輕的少爺身邊服侍，指望著萬一被收了，從此躍上高枝，可我們府裡卻從沒有這樣過，我們都琢磨著若跟了將軍……」說到這裡她方驚覺話說得太順口，一張臉羞得通紅。

我掩著嘴笑，「回頭我要把這些話學給將軍聽。」

輕舞和香蝶都急起來，湊到我身邊哀哀看著我，我清了清嗓子，「不說也行，不過以後可要對我百依百順。」

兩個人苦著臉，輕舞道：「好姑娘，我們還不夠順妳？妳問什麼，我們不是一五一十地全告訴妳？老夫人問我們話，我們是能不說的就不說，非說不可的也只幾句帶過。」

我輕嘆口氣，攬住二人肩頭道：「兩位姐姐心腸好，憐惜我這沒親人的人，多謝兩位姐姐。收拾完了，我們上一品居去。」

兩人一聽，笑著點頭。香蝶嘆道：「妳呀！一時凶，一時柔，一時可憐，難怪將軍這樣的人，見了妳也無可奈何。」

我臉上笑著，心中卻真的嘆了口氣。她們二人是陳叔仔細挑選放在霍去病身邊侍候的，對我的確不錯。可霍府其他人因為衛少兒和公孫賀等人的關係，表面笑臉相迎，心裡卻都別有心思。

經過霍去病生病的事情，衛少兒看見我時的不屑和敵意少了許多，只是神情依舊淡然。我也不願自討沒趣，能避就避，估計她也不願意見我，所以兩人很少碰面。

我與霍去病的關係，要說清楚也很清楚，上至皇帝，下至軍中從將官兵都知道我是他的人。霍去病從不避諱，當著趙破奴等往來密切的兄弟，待我如妻；可若說糊塗也很糊塗，上至皇帝下到府中的奴才婆婦，依舊把我看作未出閣的女子，似乎我不過是霍去病不小心帶在身邊出來玩的一個女子，睡一覺再睜眼時，我就會從他們眼中消失。

從冬到春，從春到夏，睡了一覺又一覺後，我依舊出現在他們面前，大家也依舊固執地無視我的存在。

宮中舉行宴會，我很少參加。然而這次皇后娘娘生辰，衛皇后讓去病帶我一起赴宴，雖沒明說什麼，卻透過這小小舉動，默認了我和去病的關係。

這段日子以來，若不是她壓著底下的妹妹和妹夫們，我只怕日子更難過。我心中感激她，於是一改往日進宮沒精打采的樣子，仔細裝扮了一番。

雖梳了漢人時興的髮式，我卻沒用簪子束髮，而是用了條紫水晶纓絡交錯挽在髮中。紫水晶纓絡錯落有致地懸著，在烏髮中若隱若現，宛如夜晚的星光。其中最大的一顆紫寶石，恰好就垂在額頭間。

衣裙雖是如今長安流行的樣式，卻又在綢緞面料上覆了一層薄如蟬翼的冰鮫紗，精美的刺繡隱在冰鮫紗下，添了一重朦朧的美。加之冰鮫紗特有的輕逸，行走間又多了幾分靈動。

霍去病看到我的一瞬，眼睛一亮，笑讚道：「我一直覺得妳穿西域那邊的衣裙才最美，沒想到漢家衣裙也能穿得這麼好看，看來以前都是妳不上心。」

進宮後，皇后娘娘端坐於上位接受百官恭賀。霍去病要牽我上前給皇后祝壽，我堅決不肯上前，「你自己去就行了。我人來了，皇后也就明白我的心意了，你我這樣公然一同上前，卻讓皇后為難。」

霍去病臉色有些黯然，「我寧願妳蠢一些，笨一些，不要為別人考慮太多，也不會太委屈自己。」

我朝正在給皇后磕頭的太子少傅和夫人努了努嘴，笑道：「像他們那樣子就是幸福嗎？看著倒是出雙入對，人人稱讚，我卻不希罕。」

霍去病放開我的手，獨自上前去拜見皇后。

等壽宴上酒過一巡後，李妍才姍姍而來，臉上猶帶著兩分倦色，盛裝下越發顯得楚楚可憐。華衣過處，人人不禁屏住了呼吸，唯恐氣息一大，吹化了這個冰肌玉骨的美人。

原本熱鬧的晚宴竟因她的美麗突然陷入死寂，只聽她的衣裙簌簌響動，腰間掛著的玉環時而相撞，一聲聲清響盪在風中，平添幾分言語難述的韻味。

她盈盈走到皇后面前下跪請安，衛皇后笑道：「免禮吧！妳身子不好，用不著行大禮，心意到了就行。」她卻仍舊仔細地行了跪拜大禮後才起身。

落座時，劉徹很自然地伸手扶了她一把，低低囑咐了李妍一句話。李妍蹙著眉搖了下頭，劉徹有些無可奈何地笑看著她，一轉頭看向皇后時，臉上雖也笑著，眉宇間的寵溺憐惜卻立即褪去。

有心人看在眼裡，不知道會怎麼想？李妍已從開始的隱忍退讓變成如今鋒芒微露，這是變相地讓大臣們看明白究竟誰在劉徹心中更重要。她剛出場，已經讓今晚本該是主角的皇后淪為了配角。

我的視線在宴席上掃了一圈，現在究竟多少人希望得到皇位的是劉髆？又有多少人只是希望衛氏垮臺，好方便自己從中得利？衛皇后和李妍相比，優勢是朝中根基雄厚，可劣勢也恰恰在這，支持衛氏的人很明顯，想扳倒他們也就目標明確，可支援李氏的人都在暗處，更方便暗中弄鬼。

眼光對上霍去病的視線，他的嘴脣微動，無聲地說「妳最美」。我嗔了他一眼，不屑地微揚起下巴，表示我才不相信假話，心裡卻滿是甜滋滋的感覺。

一旁的李廣利看我和霍去病眉眼間的言語，重重哼了一聲，起身對皇上和皇后道：「西域各國

進獻的舞孃，臣已精心挑選出最好的十二人，特意排了一齣歌舞為皇后娘娘祝壽。」

劉徹讚許地一笑，看向皇后。衛皇后微一頷首，「傳她們獻舞。」

雖然說是西域歌舞，但為了更符合給皇后祝壽的場合，融入了更多的漢家風情，掩去胡人特有的奔放，代以輕靈飄逸。領舞的女子身形高挑，宛轉迴旋如翩翩蝴蝶，一起一落都似沒有重量。

我不禁點了下頭，的確是一等一的舞女，沒想到李妍也看著那女子點了點頭。我們兩人今夜第一次視線相對，她眼若秋水，美麗清澈，似乎一眼就能看到心底。我想起初相逢時，她眼中的情緒流轉，判若兩人。

她忽地一笑，帶了絲憐憫朝我搖搖頭。我本想回她一笑，問問我們究竟誰更可憐？念頭一轉又覺得無趣，何必彼此苦苦相逼？遂移開視線，不再看她。

眾人鼓掌喝采時，我才回過神來。劉徹很是滿意，鼓掌笑道：「應該重賞！」

衛皇后剛要開口，李妍柔聲道：「這些女子從西域千里迢迢來到長安，孤身一人，毫無倚靠。再大的賞賜都比不過一個家。今日長安的年輕才俊聚集一堂，皇上不如就牽回紅線，賞她們一個容身的家。」

歌舞生涯終究不能長久，趁著年輕覓一個去處，即便做妾或者比這個更差，但若能生下一男半女，在長安這個異鄉也算有了個倚靠。

一眾舞孃都露了喜色，領舞女子卻只是目光一閃，在席間快速掃了一眼。

劉徹看到舞孃們希冀企盼的眼神，竟露了一絲溫柔，抿著嘴側頭凝視著衛皇后笑起來。衛皇后

似乎也想起了什麼，臉一紅，低下了頭。李妍立即轉開視線，半抬頭看天。一直狀似無意地留心著她的李敢，手中杯子一顫，幾滴酒灑出。

劉徹對西域舞孃道：「聽聞西域每年賽馬會亦是女子向心愛男子表達情意的時候，在互相追逐時用鞭子輕輕抽打對方，也可以用歌舞向對方傳達心意。朕也仿效一下西域民風，准許妳們自己去挑。」

◈ ◈ ◈

曲子響起，這次才是真正的西域歌舞，開頭便是熱烈奔放。欺雪壓霜的肌膚，軟若棉柳的腰肢，勾魂奪魄的眼神，剎那間滿座皆春。

李妍笑看向我，我心中一寒，驀地猜到她意欲何為。劉徹金口玉言頒了聖旨，若待會有女子挑了霍去病，那……

上回去病雖然逆了劉徹的心意，可當時劉徹根本沒來得及開口說婚事。兩人似乎只隨口說了新建府邸一事，就讓去病發下「匈奴未滅，何以家為」的誓言。今日劉徹當著眾臣子的面，當著西域來客的面許下諾言，如果霍去病再抗旨……我不敢再往下想，手緊緊拽著自己的衣裙，盯著場中的舞孃。

霍去病也猜到了李妍的意圖，起身想走，兩個女子卻已經舞到面前，擋住了他的去路。霍去病

的神情反倒慢慢冷了下來，嘴角抿了絲笑坐回席上，端起酒杯，淡然自若地品著，好像身邊根本沒有兩個女子輕歌曼舞。

我微鬆了口氣，還好，還有時間。如果霍去病不打算兩個都要，那麼這兩個女子得先用舞姿決出勝負。

李廣利的神色卻並不好看，多了幾分嫉恨。我想了一瞬才明白，估計這兩位女子並非他們事先安排的棋子，她們是真看上了霍去病。我苦笑地看著那兩個舞孃，不知該驕傲還是該犯愁。

領舞的女子容貌身形都是最出眾的，席間一眾年輕公子、中年色鬼都留心著她。此時她步步生姿地隨著樂曲舞向了霍去病，場中氣氛立即熱烈起來。

一些不知底細的好事者喝起采來，笑嚷道：「如此佳人，也只有英雄擔得起。」真不知道他們是在拍霍去病的馬屁，還是想找死。靠著霍去病與衛青而坐的一眾武將都冷著臉靜看，甚至有女子舞到面前也顧不上，而李廣利等一眾皇親國戚、王孫貴胄卻有意無意地煽風點火，席間氣氛濃烈到極點，卻是一重冰一重熱，詭異到了極點。

另外兩個女子看到領舞女子，臉上一羞一惱，卻也自知比不上，輕輕地旋轉著移開。領舞女子笑靨如花，美目流轉，裙裾翻轉間，若有若無地拂過霍去病的身子，他卻只是靜靜地品著酒。

等她跪在霍去病面前敬酒，就是她擇定的時候了。以後如何暫且不管，先救了眼前再說。我再不敢遲疑，側頭看向日磾，他點了下頭。

我脫去鞋子，將原本套在手腕間的一對鈴鐺繫在腳踝上，緩緩站起，脆聲拍了三下掌打亂樂

曲，引得眾人都看向我。霍去病一臉驚詫，我笑向他眨了眨眼睛。

急促歡快的曲子從日磾的短笛中湧出，宛如駿馬跳躍在草原，又如小鳥翱翔於藍天。我隨著音樂轉向霍去病，在每一段曲調間隔輕踏一下腳，以鈴聲相和笛音，別有一番風味。

起先我還舞步不順，踏錯了幾步，惹得幾名舞孃掩嘴輕笑，我朝她們扮了個鬼臉。哼！如果讓妳們七、八年沒有跳過，妳們要能跳成我這樣，任妳們嘲笑。

舞步漸漸順了，往日在草原上縱情歌舞的感覺又回到身體裡，再加上練過武，比一般舞孃更多了一分輕盈和剛健，一曲匈奴女兒的示情舞，跳得雖不算好，卻別有一番看頭。

霍去病笑起來，端起酒杯一飲而盡，神情說不出的暢快淋漓，還隱隱帶著幾分得意驕傲。全場的人太過意外吃驚，只目瞪口呆地看著我，一地鴉雀無聲中，腳踝上的鈴鐺聲越發清脆悅耳，彷彿少女的笑，飄盪在春風中，讓人也禁不住心變得柔軟。

那舞孃靜靜看了我一會，朝我一笑，舞步轉換，竟然也是一支匈奴舞。我和她交錯舞過霍去病面前，他一改先前淡淡品酒的樣子，興致盎然地看看我又看看她，似乎還真在我們之間挑選著哪個更好。

這人竟像草原上的棘棘草，見點陽光就燦爛。我心中有氣，笑得卻越發歡快，轉向他時，藉著展開的裙裾掩蓋，飛起一腳踢向他，卻沒料到他早有防備，恰好握住了我的腳。

笛音急急，我卻定在了原地，保持著一個古怪的姿勢和笑容，唯有手臂還隨著音樂起伏。幸虧日磾從小給我配曲，看我不對勁，立即放緩曲調，倒讓預料不及的舞孃腳下一絆，連著跳錯了幾個

步子，險些摔倒。引得眾人都看向她，一時間倒把我的古怪忽略了。

她剛立穩身子，一臉惱恨地瞪向吹笛的日磾，卻出乎意料，看見的不是一個樂師，而是一個氣宇軒昂的華服男子，烏髮捲曲，目深鼻挺，顯然也是胡人。日磾向她歉意地微欠了下身子，她愣了一瞬，臉一紅撇過頭。

我臉上的笑容實在掛不住了，雖然舞蹈中的確有只靠上半身和手臂的姿勢，但如今……

霍去病看我盯著他的眼神越來越冷，笑著在我腳上摸了一把後，放開了我，繼續若無其事地端起酒杯。

笛聲依舊，我和一旁胡女的舞姿卻都有些亂，她的臉紅著，我的臉燒著，兩人彼此撞了一下。我心頭一驚，清醒過來，惡狠狠瞪了霍去病一眼，這個時候還有心思逗我？他卻只是玩味地看著我的神情，嘴邊抿著笑。

胡女的心思也轉了回來，盡展妖嬈風情。我鬱悶地看了她幾眼，想著要不要待會使點壞招，暗中弄傷她，否則這場比舞我肯定贏不過她，可眾目睽睽下，特別是還有李妍、李敢這樣的有心人，若被抓住了呢？

日磾笛音一頓，忽地變了一支曲子，是草原上流傳頗廣的情歌，表達男子對偶然見過一面的女子的思慕之情。

我腳上的鈴鐺聲剎那亂了，那胡女也是身子一顫，似驚似喜地看向日磾。席上聽懂此曲的人都一臉震驚困惑，不明白今晚究竟怎麼了？大家似乎突然之間發了情，或者說發了瘋？

我疑問地看向日磾，他沒搭理我，只看著胡女。胡女看看日磾，看看霍去病，又看了我一眼，忽地下定決心，腳步幾個輕旋已轉到了日磾案前，單膝跪在了日磾面前，表示認他為主。

狀況變化太快，李廣利一臉氣憤，猛地站了起來。李妍趕在他張口前，笑拍了下掌道：「恭喜二位。」李廣利和李妍的眼神一觸，身子僵硬地又坐了回去。

這個聰明的胡女在最後一刻改變了主意，押下重注，掙脫自己的棋子命運。她賭她的眼光和運氣，而日磾不會讓她失望，只要有他一日，必照顧她一日。

我向霍去病彎身行了個禮，轉身回座。眾人愣愣看著我，李妍笑問道：「金玉，妳莫名其妙地上了場，又一言不發地下去，把這裡當什麼了？」

我和衛皇后視線交錯間，彼此已經交換了心思。反正衛李已不能共容，既然李妍步步緊逼，那我也無需再退讓。我面向李妍跪下，一字一頓道：「這裡當然是皇上特意為皇后壽辰舉行的宴會。」

李妍被我一句話憋得眼裡直冒火，卻再說不出半個字。再得寵的小老婆依舊是小老婆，見了大老婆依然要守規矩，更何況是主掌後宮的皇后？今日還輪不到妳說話。

劉徹一直冷眼旁觀這一切，此時聽到我的話，瞟了眼一言不發的衛皇后，又從霍去病臉上掠過，笑著說：「金玉的舞跳得不錯，應該賞。」

衛皇后溫柔地笑著，「臣妾遵旨。」

一場掩蓋在旖旎香豔下的風暴暫時化解，可我和日磾的曲舞相合是否會捲起另一場更大的風暴？衛李兩氏的爭鬥已明朗化，劉徹今晚明顯偏袒李氏，這顯然又是一場帝王權力平衡，就如當年他藉助王氏對抗竇氏，之後又扶植衛氏徹底擊垮竇、王兩族的外戚，而這次終於輪到了權勢過大的衛氏。

散宴後，馬車行了一路，霍去病盯著我笑了一路，直到進屋子寬衣時，依舊笑個不停。

我被他笑得惱火起來，「你不想想如何應付李妍，反倒莫名其妙笑個沒完，不知下次她又會使什麼手段。」

他長吁口氣躺到榻上，雙手交握枕在腦後，一臉心滿意足，「我盼著她使手段，最好能常常像今晚這樣。」

我哼道：「是呀！當著滿朝文武的面，幾個女子為你爭風吃醋，好有面子，好是風光！」

他嘴邊帶笑，微瞇著雙眼，似乎仍在回味，「的確是滋味無窮。如果不是她們，我還不知道妳這麼緊張我，也絕對想不到妳居然會向我跳舞求愛。」

我半仰頭翻了個白眼，哈哈長笑兩聲，「我是好緊張你呀！」他那個潑賴樣實在惹人生氣，我撲上去掐住他的脖子，「你下次再在大庭廣眾下亂摸，我一定緊張死你！」

他一手來呵我的癢，一手把我拽進懷中，「妳的意思是只要不在大庭廣眾下，我就可以為所欲為？可以亂摸？那我不客氣了。」

端了洗漱用具走進的輕舞和香蝶，恰看到我們糾纏在一起、暴力香豔的一幕，冒失的香蝶一下就把手中的帕子、妝盒全掉到地上，輕舞倒還沉得住氣，彎腰一禮，低頭拉著香蝶，就快速退出了屋子。

完了，徹底完了！這下是裡子面子全丟光了，我在她們面前的形象盡毀。我恨恨瞪著霍去病，他卻只是一揮手打落了紗帳。

誰是兔子誰是老虎，究竟誰吃定了誰，我終於明白了！

第三十一章

喜信

九爺望著窗外輕輕頷首，一向注重禮節的他，倉皇到連「告辭」都未說一聲就頭也不回地離開。霍去病一臉狂喜地望著我傻笑，我愣愣坐著發呆。雖然事出突然，卻也是遲早的事情，如果換一個場合時間，我大概會喜得說不出話來。可今日……我握著自己的手腕，那裡依舊一片冰涼。

也許因為是深秋，天氣轉冷，我突然變得很饞。有時候想著什麼東西好吃，半夜裡就想得睡不著覺。霍去病特意命廚房安排手藝好的廚子值夜，方便我想吃東西時隨時能吃。

雖然他說我若一個人吃太無趣可以叫醒他，可他白日要上朝，下了朝又要帶兵操練，我不願他太過辛苦，所以盡量悄悄地溜出去，吃完再摸回來。他早已習慣我在他身旁翻來覆去，走時手腳放輕，他只要睡著了，很少能覺察出來。

回屋時，因為是秋末，剛鑽入被窩的身子帶著寒意，即便盡量避開身體他仍能察覺出來，迷迷糊糊地把我摟進懷裡，用自己的體溫暖我的身體。他一舉一動做得全沒有經過思索，下意識的動作反倒讓我滿心的暖。

自從他說過會給我時間，再不像以前一樣，做些觀察試探我內心的言語和舉動，即使我偶爾走神發呆，他也不生氣或試探，反倒靜靜走開，留給我一個空間，自己去處理。

以前難過時，曾想過老天似乎從沒眷顧過我。一出生被父母拋棄倒罷了，反正沒有得到過也談不上為失去難過。可又讓我遇見阿爹，讓我被捧在掌心呵護，卻在我真正變成人，依戀享受著阿爹的愛時，把它一夜之間奪去。一起長大的朋友死了，最尊敬仰慕的人逼死了阿爹，殘忍不過如此。

漠漠黃沙中的流浪不苦，苦的是在繁華長安中的一顆少女心。如果說月牙泉邊的初遇還只是老天的一個無心舉動，那長安城的再相逢卻變得像有意戲弄。

當年我曾無數次質問老天，如果沒有緣分，為什麼讓我們相遇？既然遇見又為何讓我心事成空？老天似乎真的以刁難折磨我為樂。

現下躺在霍去病懷中，看著他的睡顏，我想老天能把他給我，就是眷顧我的。即便我們之間還是有這樣那樣的事情，甚至他不能娶我。

我握住了他的手，他雖然睡著，可下意識就反握住了我的手。我輕拿起他的手吻了一下，只要我們還握著彼此的雙手，不管什麼都可以闖過去的，不管是西域還是長安，不管是戰場還是皇宮，甚至生與死。

霍去病下了朝回府，我仍舊賴在被窩裡睡。他拍了下額頭，長嘆道：「以前聽營裡的老兵們說，女子嫁人前和嫁人後完全是兩個樣，我還只是不信，如今看到妳算真信了。這日頭已要轉到西邊了，妳居然還沒起來。不餓嗎？」

我蜷在被子裡沒有動，「頭先吃過一些東西，就是身子犯懶，一點都不想動。」

他把手探進我的脖子，被他一冰，我趕忙躲開，見他又要探手，我趕忙坐起。他替我拿衣服，「起來吧！一品居新推出一款菜式，聽趙破奴說味道很是不錯，我們去嚐嚐。」

我吞了口口水，一下來了精神。他哭笑不得地看著我，「妳現在腦子裡除了吃還有什麼？」

我側著腦袋想了一瞬，含情脈脈地看著他，「只還有一樣。」

他還沒有說話，先露了笑意，聲音變得很輕、很柔，「是什麼？」

我一本正經地說：「喝！昨夜那道菌子湯真是好喝呀！」

他的笑容突然卡住，伸手在我額頭敲了一記，沒好氣地說：「快點洗漱！」

❖ ❖ ❖

剛進一品居就看見了九爺，一身水藍的袍子，素淨得彷彿高山初雪。他一面聽天照說話，一面溫和地笑著，卻連笑容都帶著鬱鬱愁思。

他看見我的一瞬，眼中一痛，同時我的心也是一陣痛，腳步不自禁停了下來，進也不是，退也不是。我有些擔心的看向霍去病，他臉色雖不好看，卻對我暖暖一笑，「妳若不想吃了，我們可以回去。」

他暖暖的笑，讓原本疼得有些抽著的心慢慢舒展。逃避不是辦法，我不可能永遠見了九爺就帶著去病落荒而逃，這樣對去病不公平。

我朝去病一笑，「要吃。」

他握著我的手緊了一下，眼睛亮起來。

天照起身向霍去病行了個禮，九爺淺笑著請我們入座。天照問：「玉兒，想吃什麼？」

我笑道：「去病說帶我來吃新菜式，叫什麼名字？」

扭頭看向霍去病，他皺了一下眉頭，「忘記問名字了，算了！讓他們把最近推出的所有新菜式都做一份來。」

我撇撇嘴，「你以為我是豬呀！吃得完嗎？」

去病做了個詫異的表情，「就看妳這段日子的表現，妳以為我還能把妳當什麼？妳當然吃得完，怎麼會吃不完？」

我皺著鼻子哼了一聲，扭過頭不理會他，卻在撞上九爺黑沉晦澀的雙眼時，明白剛才和霍去病慣常相處的樣子，落在他眼裡是十分親暱的。這種不經意的親暱就像把鋒利的劍，劍芒微閃便深深傷著了他。

我迅速垂下眼簾，低頭端起案上的茶杯慢品，藉著寬大的袖子遮去臉上表情。此時我臉上的表情只怕也如利刃，一不小心便會多一人受傷。至少還能讓一個人快樂，總比三人都傷著得好。

一個雕花銀盆端上來，小二殷勤地介紹道：「『天上龍肉，地下驢肉』，甘香鹹醇，秋天進補的佳品。」

不料剛揭蓋，我聞到味道沒覺得誘人，反倒胃裡一陣翻騰，急急撲到窗口嘔起來。

小二驚得趕緊端茶遞帕，霍去病輕輕順著我的背，眼中全是擔心，「哪裡不舒服？」

我喝了幾口茶，感覺稍好些，「不知道，就是突然覺得噁心想吐。」

一旁坐著的九爺臉色蒼白，眉眼間隱隱透著絕望，對小二吩咐：「把氣味重的葷腥都先撤下，重新煮茶，加少量陳皮。」

霍去病扶我坐回蓆上，「好些了嗎？想吃什麼？還是回去看大夫？」

九爺定定凝視我一會，忽地說：「我幫妳把一下脈。」

我看向去病，他笑道：「我一時忘了這裡就有位醫術高超的大夫。」

九爺輕搭上我的手腕，那指尖竟比寒冰更冷。他雖然極力克制，可我仍舊能感覺得到他的指頭在微微顫抖。一個脈把了半晌，霍去病實在按捺不住，焦慮地問：「怎麼了？」

「恭喜霍將軍，你要做父親了。」九爺緩緩收回手，臉上笑著，可那是怎樣慘澹的笑容？

霍去病愣愣發了一會呆，又一把抓住九爺的胳膊，狂喜到不敢置信，「你說什麼？」

九爺撇過頭看向窗外，嘴唇輕顫了下，想要回答霍去病的問題，聲音卻卡在喉嚨裡出不來。

天照推開霍去病，冷著聲道：「九爺說霍將軍要做父親了。」又輕聲對九爺說：「九爺，我們回去吧！」

九爺望著窗外輕輕頷首，一向注重禮節的他，竟倉皇到連「告辭」都未說一聲，就頭也不回地離開。

霍去病一臉狂喜地望著我傻笑，我愣愣坐著發呆。雖然事出突然，卻也是遲早的事情，如果換一個場合時間，我大概會喜得說不出話來。可今日……我握著自己的手腕，那裡依舊一片冰涼。

霍去病驀地打橫抱起我，大步向外走去，我「啊」地叫了出來，「你做什麼？」。

一品居剎那陷入一片寧靜，人人目瞪口呆地盯著我們。我臊得臉埋在他胸前，只恨不能立即消失。霍去病卻是毫不在乎，或者在他眼中這些人根本就不存在。他抱著我上了馬車，對恭候在外的侍從吩咐，「立即去宮中請最好的太醫來。」

我抓著他的胳膊，「不要！這是我們之間的事，我喜歡清靜。一請太醫，事情肯定鬧大了，又不是只有宮裡有好大夫。」

他捶了下自己的腿，叫回侍從，「我高興得什麼事都忘記思量了。不過……」他笑握住我的手，「我現在真想大喊大叫幾聲，我就要有兒子了。」

他的喜悅感染了我，我靠在他的肩頭微笑著，忽地反應過來，掐了他一下，「你什麼意思？如果是女兒，你就不高興了？」

他忙搖頭，「高興，都高興！如果是男孩，我可以教他騎馬，教他打獵，若是女孩也高興，有個小玉兒，我怎麼會不喜歡呢？男孩女孩我都要，多生幾個，以後我們可以組個蹴鞠隊踢蹴鞠，父子齊上陣，保證踢得對方落花流水，讓他們連褲子都輸掉。」

我聽得目瞪口呆，「你以為是母豬下崽？」

他一臉得意忘形，「不敢請耳，固所願也。」

我又想掐他，可想到這人皮糙肉厚，作用不大。戰場上出出入入，刀槍箭雨都不曾眨一下眼的人，我手上這點力道不過是給他撓癢，索性別浪費自己的力氣。我皺著眉頭閉上眼，他驀地聲音繃緊，「玉兒，妳哪裡不舒服？」

我不理會他，靠在他的肩頭不吭聲，他一下子急起來，對外面嚷道：「快點回府！」說完又補道：「不許顛著！」

車夫的鞭子一記悶響，估計剛想抽馬又急急撤回力道，落在了別處。他恭敬地問：「將軍的意思是快點還是慢點？快了肯定會有些顛簸的。」

我沒忍住，抿著嘴笑起來。霍去病反應過來，在我手上輕打了下，「妳現在專靠這些邪門歪道的本事來整治我。」

「誰讓我打不過你呢？以後我也只能靠邪門歪道了。」我掩著嘴直笑，「現在還有一個人質在我這裡，看你還敢欺負我？」

◈ ◈ ◈

我不知道女人家懷孕究竟什麼樣子，反正我除了不能聞到氣味過重的葷腥，一切正常得不能再

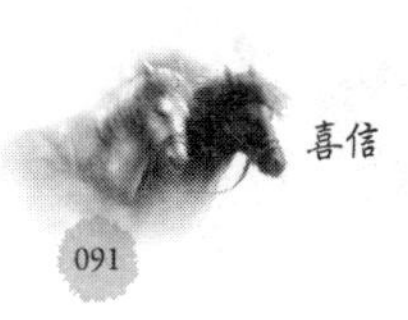

正常。剛開始身子還常犯懶，日子長了卻又和以前一模一樣，吃得好，睡得好。

如果不是霍去病時常用嚴厲的眼光盯著我，警告我時刻記住現在不是只對自己負責就好，我也許就可以再加上一句「玩得好」。

例如剛走到鞦韆旁，霍去病在身後叫道：「玉兒。」我就只能轉身走開。

或是好不容易一個陽光溫暖的冬日，睜開眼睛的剎那，我叫道：「我們該去城外騎馬。」霍去病眼都未睜便說：「別忘了自己現在的身分。」

身分？不就是肚子裡面多了一個小人嗎？有什麼大驚小怪！何況現在根本就看不出來。

根據紅姑的說法，女人要學會睜一隻眼閉一隻眼。如果一個女人時刻盯著一個男人，最後的結果，絕對不是把男人真釘在自己身旁，往往是男人為了躲避無處不在的目光，另築小窩。

可如果一個男人時刻盯著一個女人呢？紅姑被我問得愣了好一會才說，女人該偷笑，這樣他就沒時間看別的女人了。我很是鬱悶，不公平，太不公平。

我把紅姑告訴我的話，互換了一下男女方說給霍去病聽，「男人要學會睜一隻眼閉一隻眼，不要老是盯著一個女人。如果一直盯著，結果絕對不是……」我充分暗示他，該審視一下自己最近的行為。

他正在案前看匈奴的地圖，聽完後頭未抬地淡淡說：「沒有人會不要命的，我也不會給妳機會。」

我氣哼一聲，左看右看，前看後看，屋子內走到屋子外，屋子外走到屋子內，還是找不到可以

在他允許範圍內玩的東西。他嘆口氣，撐著頭看向我，「真這麼無聊嗎？」

我癟著嘴點點頭，「身邊的丫頭都被陳叔訓過話，現在一個個都看著我，什麼都不肯陪我做。以前可以和輕舞或心硯她們一起踢毽子，打鞦韆，還可以和你出去騎馬打獵爬山，現在什麼都不能做，也不能多看書，說什麼孕中看書傷眼，針線也不能動，你說我能做什麼？」

他納悶地說：「好像的確是什麼都不能做了，那別人是怎麼過來的？」

「你請的婆子說，待產就是女人最重要和最應該做的事情，還需要做什麼？當然是多吃多睡，多休息，專心把肚子養大，然後生孩子。」我雙手在肚子上比劃著一個凸起的球狀。

他聽得笑起來，招手讓我過去，攬著我坐到他腿上，「我不知道妳這麼無聊，以後我會多騰點時間陪妳的。」他想了一瞬，「這樣吧！妳讀過不少兵書，我倒是很少看兵書，我們就在這沙盤上論論兵，各自占據一方，然後彼此進攻。」

我心中本來的鬱氣一下消散，笑拍著手，「只這樣還不夠刺激，我們再下賭注。」

他下巴在我額頭上蹭著，「都依妳。把妳的生意賣掉後究竟有多少身家？全輸光了可不要哭。」

我笑著說：「別以為匈奴人把你視為不敗的戰神，你就一定能贏我。一則匈奴人可沒有我了解你；二則，我們以匈奴人的地域為圖作戰，我對地形和氣候的了解利用，你絕對望塵莫及；三則，別忘了趙括的例子，紙上談兵和實際作戰畢竟是兩回事，否則一代名將趙奢也不會說不過繡花枕頭的兒子。」

他的神情一下嚴肅起來，「最後一個因由倒罷了，趙奢當年雖被趙括說得大敗，可依舊明白兒子根本打不贏他。不管結果如何，我心中自會明白到底誰勝誰負。前兩個因由的確有道理。」他把我的雙手攏在他的手心裡，在我耳側低低道：「這世上只有妳，我從沒打算提防，甚至一開始就盼著妳能走進我心中。說也奇怪，從小出入宮廷，我其實是一個戒心很重的人，可我就是知道妳值得我用心去換，而我的直覺沒有錯。」

我鼻子一下酸起來，側頭在他臉上印了一吻，倚在他肩頭沉默了一會，方笑問：「你這好像也算攻心之策，居然還未開戰就要軟化敵人的鬥志，想讓我待會手軟嗎？」

他大笑起來，「妳這算不算是預留退路？過會即使輸了，也可以說一句『不願下殺手而已』，博個仁義的名聲，為下次再戰留資本。」

兩隻狐狸都笑得一臉無害、赤誠坦蕩的樣子。我隨手抽了一張白絹，提筆寫下賭注，去病看了一眼，笑著在一旁寫了個兩倍的賭注。

◈ ◈ ◈

匈奴主力雖遠遁漠北，但仍未放棄對漢朝邊境的掠奪。秋末時，匈奴騎兵萬餘人突入定襄、右北平地區，殺掠邊境漢民一千多人。劉徹經過鄭重考慮，最終決定派大軍遠征漠北，徹底消滅匈奴軍隊。

霍去病越發忙碌，但不管再忙他總盡可能多陪著我，如果能在府邸中論事，也盡可能在府中辦公，手下的一干從將成了霍府的常客。

我身形還未顯，府中除了貼身服侍的三、四個可靠婆婦丫頭，其他人都不知道我已有身孕。年關將近，去病因為別有喜事，吩咐一定要好好慶祝，人人都有重賞，整個府裡喜氣洋洋，小廝丫頭們興沖沖地忙著布置裝飾府邸，出出進進，煞是熱鬧。

我和霍去病沙盤論戰的遊戲也很有趣，我當時只說自己了解他，卻忘記他何嘗不了解我。我並沒有占到什麼優勢，十盤裡七、八盤都輸給了他。若真上了戰場，再加上他的氣勢，肯定是通盤皆輸的結果。

於是我心中一動，將自己比作伊稚斜，處處細心揣摩每一處兵力，伊稚斜會如何分配使用，又利用自己對地勢和氣候的熟悉，想方設法牽制消耗霍去病的兵力，反倒讓霍去病頻頻點頭讚許。

兩人在一個小小沙盤上縱橫千里，幾乎打遍整個匈奴帝國。漢人繪製的地圖多有偏差，每次論戰後，我都把有偏差的地方仔細告訴霍去病，他極其好學，常常反覆求證，一遍遍詢問當地氣候風土人情，直到爛熟於胸方作罷。

外面那幫文人只看到去病一連串的勝利，可他下的這些工夫又有幾個人知道？

從李廣到公孫敖，別的將軍一領兵就迷路，可去病常常孤軍深入，一個人帶著兵就可以在匈奴的地盤上縱橫自如，攻其不備。一個生長於長安的漢人，要對西域和匈奴各國地形都熟悉，又要花費多少心血和努力？

去病陪著我看下人掛燈籠，我笑指了指燈籠上的字，「你好像已經把府邸輸給我了吧？那個霍字是不是該改成金字呀？」

他笑著從後面抱住我，下巴搭在我的脖子上蹭著，心不在焉地說：「可以呀！索性把府門前的牌匾也都換了，改成金府。妳的錢也輸得差不多了，剩下的錢可夠養活一府人？」

一旁的下人或低頭或抬頭，目光都堅定地盯著某一點，彷彿只顧著幹活，任何事情都沒看到。

我如今的臉皮早被霍去病訓練得厚了不少，尤其在這府中，更是已經習慣他的摟摟抱抱。這個人想做的事情，絕不會因為別人的存在而稍有顧忌。我拽開他的手，抿著唇笑，「以後霍府的人一出府就能被立即認出來。」

他漫不經心地問：「為何？」

我扭身對著他，學著幾個下人的樣子，把眼珠子對到一起，直直盯著某一點，「一個個都成了對眼，這還不是明顯的標記？」

他掃了眼一旁幹活的下人，又看看我，擰著我的鼻子，在我眼上親了一下，忍俊不禁，「妳別也學成對眼了。」

陳安康和趙破奴談笑而來，恰撞見這一幕。陳安康估計早聽過不少我和霍去病的事，承受能力明顯高於一旁的趙破奴，雖笑得有些假，可臉色依舊如常。

趙破奴卻是低頭盯著鞋履，我看到他的樣子，本來的幾分不好意思蕩然無存，只低低說了句「又來一個對眼」，再忍不住笑，草草回了他們一禮，笑著離開。身後霍去病也是壓著聲音直笑，

一連咳了好幾聲才道：「他們已經在書房等著了，我們過去吧！」

◈ ◈ ◈

元狩四年，夏初。一個剛入夏就開始暴熱的夏天。

朝廷瀰漫著直搗匈奴巢穴的氣勢。所有武將不論年紀或官階高低，人人都奮勇爭先，希望參加這迄今為止最大最遠的一次戰爭，為整個大漢帝國的輝煌，在青史上留書一筆。

劉徹經過仔細斟酌，決定發兵三十萬，遠出塞外徹底瓦解匈奴單于和左賢王的兵力。任命衛青和霍去病為統帥，各自領五萬兵馬，分兩路深入匈奴腹地。

為求勝利，讓全軍團結一致，衛青麾下都是跟隨他多次出戰的中老年將領，霍去病麾下也都是他親點的年輕將領。

李敢原本請求隨父親與衛青出征，但劉徹沒有同意，李敢因此就要錯過這次戰役。

霍去病聽說後，竟向劉徹請求派李敢做他的副將，若他在戰場上有任何意外，李敢將代替他指揮部隊。霍去病如此舉動，不要說大出李敢等人所料，就是早習慣他行事任性隨心的我，都感到吃驚不已。

「去病，你不怕李敢不聽從你的指揮嗎？或者他暗中玩什麼花招？」戰場上本就兇險，想著李敢跟在他身邊，我心中更是沒底。

「疑人不用，用人不疑。李敢是個打仗的料，不用實在可惜！我們在長安城內的暗鬥是一回事，可上了戰場面對匈奴，那又是另一回事。李敢是條漢子，家國天下，輕重緩急，他心中不會分不清。玉兒，妳不用擔心，我霍去病幾時看錯過人？」

霍去病說得自信滿滿，我思量了一瞬，也覺得有道理，遂選擇相信霍去病的看人眼光，心中卻也多了一重驕傲。

他誇讚李敢是條漢子，他自己卻是漢子中的漢子，敢放心大膽重用敵人，也不計較李敢是否將來升官得勢後對付他，如果他的心胸不是比李敢更寬廣，他怎能理解李敢的心思？又怎麼能容得下李敢？

經過繁忙的準備，一切完備，就等出征。此次戰役集合了衛青、霍去病、公孫賀、李廣、趙破奴、路博多等眾多傑出將領，可以說大漢朝的璀璨將星匯聚一堂。大漢兩司馬之一的司馬相如也隨軍而行，這顆文星將用他的筆寫下漢朝將星如何閃耀在匈奴的天空。

「明天一早就要走，趕緊休息吧！」我勸道。

霍去病趴在我的腹部聽著，「他又動了。」

我笑道：「是越來越不老實了，夜裡常常被他踢醒，難道他不需要睡覺嗎？」

他低聲道：「乖兒子，別欺負你娘親，不然爹不疼你了。等你出來，想怎麼動都成。」

我笑著推開他，轉身吹滅了燈，「睡了！」

他摟著我，半晌沒有動靜，我正想他已經睡著時，他的聲音忽地響起，「玉兒，對不住妳，要

妳一人在長安。此次路途遙遠，再快只怕也要三、四個月。」

我握住他的手，「放心吧！我的性子你還不知道嗎？難道還擔心別人欺負我不成？何況府裡有陳叔，宮裡有皇后娘娘。你專心打你的匈奴吧！伊稚斜不是那麼容易對付的。」

他摸了下我的腹部，「已經快四個月，可怎麼妳的身形依舊變化不大呢？」

我笑道：「那還不好？大夫也說我是不怎麼明顯的，不過恐怕馬上就要大起來了。」我鑽到他懷中，鬱鬱地說：「慘了，你回來時，肯定是我最醜的時候。我要躲起來不見你，等孩子生下來我們再見。」

他哈哈大笑起來，「我看妳在梳妝打扮上花費的工夫有限，還以為妳不在乎。不怕，大漠中太陽毒，又極乾，到時候我肯定曬得和黑泥鰍一樣，妳若不嫌棄我，我就不嫌棄妳。」

他輕嘆一聲，親了我一下，「幸虧只有四個月，我還有充足時間回來看他出生，否則肯定急死我。」

「回來也看不到他出生，不讓男人在一旁的。都說女人生孩子污穢，怕染了晦氣，所以男子都只在外面等著。」

他不屑地哼了一聲，「心愛的女人替自己生孩子，哪來的晦氣？滿屋子喜氣才對！回頭我一定守在榻邊陪著妳。」

我胸口暖洋洋地，又酸澀澀地。怎麼可能捨得他走？怎麼可能不想他陪著我？又怎麼可能不擔心？可是愛不應該是束縛，相遇前，我們彼此都是孤獨飛翔著的鳥；在一起後，不是讓對方慢下速度陪你，而是該如傳說中的比翼鳥，牽引著讓彼此飛得更高，陪伴對方，讓心願和夢想都實現。

所以我要讓他安心的離開，讓他知道我可以照顧好自己和我們未出生的孩子。

待眼中的水氣稍乾，我語聲輕快地笑說：「你以為我會放過你？都說生孩子很疼，尤其是頭胎，我一定要你看著，疼得厲害時說不定咬你幾口，要疼一起疼。」

他嗯了一聲，「要疼一起疼，要喜一起喜。」

想著他明天一早就要走，遂裝著睏了，掩嘴打了個呵欠，他立即道：「睡吧！」我閉上了眼睛，聽著他的呼吸慢慢變得平穩悠長。

再睜眼，我痴痴凝視著他輪廓分明的側面。去病，你一定要毫髮無損地回來，一定要。

第三十二章

邀宴

我一面不停地找各種理由讓自己忍，
可一面又不停地自問，
若今日讓維姬赴死，我以後能活得心安嗎？
我和越來越陰狠的李妍又有什麼區別？
我當年恨伊稚斜背叛朋友，
難道我這不是另外一種背叛？

一早送別霍去病後，我就搬回了紅姑的住處。沒有去病的霍府，我住不下去，畢竟妻不妻，客不客，住在那裡，我究竟算什麼人呢？

霍府裡人多嘴雜，我懶得應付暗處的各種眼光。陳叔對我的心思倒很體諒，一句話未多說，只吩咐一直在霍府侍候的幾個僕婦丫頭，和廚子加侍衛一併跟來，浩浩蕩蕩的一群人，紅姑看得訝然而笑。

在園子裡轉悠了一圈，我愜意地展了個懶腰，「還是自家舒服。」

紅姑輕嘆一聲，「霍府呢？」

我笑道：「有他在，才是家。」

紅姑替我撥開面前的樹枝，「妳遇見霍將軍，也不知道究竟算幸還是不幸。」

我展了一個大笑臉湊到紅姑眼前，指著自己的臉讓她看，「看看！看見了沒有？這是什麼？以後不許再說這樣的話。」

紅姑忙笑道：「看見了，看見了。」她瞟了眼我的肚子，「不知道這孩子將來會像誰？不過不管像誰都是個小魔頭，只要別把你們兩個的厲害都繼承了就好，否則還給不給別人活路？」

以前在霍府時，丫頭們都不識字，如今有紅姑相伴，比丫頭們陪伴有趣得多。讀書彈琴或下棋，或講一些長安城內的風俗趣事，日子過得很是安逸。

言語間有時提起往日的事情，我沒什麼感覺，紅姑倒很感慨落玉坊當年的輝煌。說起方茹，紅姑輕嘆：「我看她不是薄情的人，可現在見了我卻是能迴避就迴避，有時候迎面走來也當作沒看見我。」

我笑道：「『嫁雞隨雞，嫁狗隨狗。』李延年本就對我心中怨憤，以前和李妍關係好還罷了，如今方茹總不能違背整個夫家的人。」

紅姑趕緊掩我的嘴，「我的小姑奶奶，妳說話注意些，現在怎麼還叫人家名字。」

我冷哼一聲，「我叫不叫李妍的名字，不影響她對我的態度。」

以前因為心存憐憫，對她總是一再忍讓，但她步步進逼，昔日的幾分情全淡了。可是礙於那個

毒誓，我雖握著她的命脈，卻拿她無可奈何。她的命再重要，如何抵得過去病和九爺？

只是我雖然恪守誓言，她卻對我不能放心，最初只是想逼我離開霍去病，離開長安，現在估計她對我也沒什麼感情了，早一日置我於死地，她早一日舒心。去病如今不在長安，我又有身孕，對她只能躲為上策。

◈ ◈ ◈

人生永遠是這樣，越要躲的越是躲不過。怕的就是李妍，李妍就找上門來了。

李妍下旨，召我進宮賀她的生辰。

再得寵，李妍仍是嬪妃，不比皇后，不可能接受百官朝賀。雖只是宮中女眷的一場小宴，可越是小宴我越不放心。

紅姑道：「宴無好宴，不如進宮求皇后娘娘幫忙擋掉。」

我苦笑著搖搖頭，陳叔嘆了口氣，「雖不知皇后娘娘是否知道玉姑娘已有身孕，可皇后娘娘一直很照顧玉姑娘，如今將軍不在長安，娘娘肯定也不放心讓玉姑娘一個人進宮，若能擋肯定早已經擋了。定是皇上點了頭，皇后娘娘不好再說什麼。」

我看了看自己的身形，「如今身形已顯，肯定瞞不過了，說不準是李妍得了什麼風聲，特意召我進宮一看的。大夫說懷孕頭三個月最是危險，很容易小產，如今能瞞他們這麼久，過了這幾個月

的清靜日子，我也心滿意足了。」

陳叔忽地跪在地上向我磕頭，「玉姑娘，老奴求您務必照顧好自己，若真有什麼事，為了孩子也先忍一忍。不管多大的怨氣，一切等將軍回來再給您出氣。」

我哭笑不得，側開身子道：「我是孩子的娘，比你更緊張他，用不著你叮囑。我在你心裡就是行事任性冒失嗎？」

陳叔訕訕無語，我輕哼一聲。只因我沒有識大體知進退地說服去病娶公主，我在他們眼中就成了一個行事完全不知輕重的人。

紅姑握住我的手，笑對陳叔說：「玉娘雖有時行事極任性，卻不是個完全不知輕重緩急的人。」

我無奈地看著紅姑，她這是在誇獎我，寬慰陳叔？只怕讓陳叔聽著越發沒底。我現在算是犯案累累，想得一個讚聲恐怕很難。

◈ ◈ ◈

正是盛夏，一路行來酷熱難耐。還未到宴席處，陣陣涼風撲面而來，只聞水聲淅瀝，精神立即清爽。

李妍甚會享受，命人架了水車，將浸著冰塊的池水引向高處，從預先搭建好的竹子縫隙間落

下，淅淅瀝瀝彷彿下雨。宴席就設在雨幕之中，冰雨不僅將暑熱驅走，也平添幾分情趣。一眾女子有隔著水簾賞花的，有和女伴戲水的，有拿了棋盤挨著水簾下棋的，還有把葡萄瓜果放在水簾中冰著，時不時取用，的確是舒服自在。

待字閨中的女孩看到我的身形，又看到我梳著和她們相仿的髮式，不禁好奇地一眼又一眼偷瞄我。不少夫人露了鄙夷之色，急急把自家女兒拽到一旁，不許她們再看我，彷彿多看一眼，那些女孩也會未婚先孕。

風度好些的，或礙著自家夫君不敢對我無禮的，對我點頭一笑或匆匆打個招呼，就各自避開。我像是瘟疫，走到哪裡，人群都迅速散開。

我隨手從水中撈了一串葡萄出來吃，李妍看到剛才那一幕應該挺開心。不過真是對不住，看到我這副樣子，她恐怕又開心不起來了。我這個人在戈壁荒漠中長大，不夠嬌嫩矜貴，這些小事可傷不著我。

正吃得開心，忽看見一個熟悉的人孤零零立在角落。李妍對這個背叛她的西域舞孃，肯定也是深惡痛絕，卻特意請了她來，李妍想幹什麼？

我一面吃著葡萄一面朝她走去，她看見我，臉上幾許不好意思，我將葡萄遞給她，「妳穿漢人的衣裙很好看。」

她向我欠身行禮，「這段日子我常聽日磾講你們的事，很想見妳一面，只是我們不大方便去看妳。聽日磾說霍將軍把妳護得很周全，就是霍府一般下人都難見到妳。沒想到妳有身孕，日磾若知道了，肯定會很開心。」

我笑瞅著她，很是感慨，「妳叫他日磾，他讓妳這樣叫的？那我不是該叫妳聲弟妹了？」她雙頰暈紅，神態卻落落大方，「叫我維姬就可以了。」

「好！妳叫我玉兒、小玉都可以。」瞥到她拇指上戴著的玉戒，我心下一驚，立即握住她的手細看了兩眼。她看到我的神色，低低道：「是今日出門前，日磾從手上脫下，讓我戴上的。我本來還猜不透原因，現在……」這個一直透著幾分冷漠疏離的女子，眼眶紅了起來。

這個指環是日磾的祖父留給他的，從小一直沒離身，卻特意讓維姬戴它來赴宴，他是把這個流落異鄉的孤女託付給我了。

我放開了她的手，「他不放心妳。」

我捶了下腰，維姬忙問：「妳要坐一下嗎？」說著四處幫我尋位置，不少地方已有人占據，只剩幾個邊角旮旯兒。維姬笑指了指一個看著稍好一些的位置，「我們去那邊坐坐吧！我站著說話就成。」

我向她做了個鬼臉，拉著她徑直走向風景最好的位置，正在那裡談笑的女子們立即沉默，詫異地看向我們，待我站定，幾個女子忽地起身，一臉厭惡鄙視匆匆離開。

我笑著對維姬做了個草原上牧人比馬勝利時的手勢，輕叫一聲，整理好裙子，施施然坐下。維姬坐到我身旁，掩著嘴直笑。

那幾位女子四處一打量才明白我此舉為何，恨恨地瞪著我，卻又不願失態，只得故作大方，一面又用似乎很低，卻偏偏能讓我聽到的聲音說話，「聽聞她以前是歌舞坊的坊主呢！專做男人生意的，難怪行事如此沒有廉恥。」

我扭頭對正搖著扇子的江夫人笑了笑，「這位夫人聽聞得不夠多呀！難道不知道李夫人正是從我的歌舞坊出去的嗎？」

她的臉霎時雪白。長安城中的歌舞坊有史以來做過最成功的男人生意，就是出了個傾國傾城的夫人。這個江夫人居然貪一時嘴快，忘了這件事情。

我的眼光冷冷地從其餘幾個女子臉上掃過，她們雖然不甘，卻終究低下了頭。

維姬低聲道：「她們怕妳？」

我笑著搖搖頭，「她們怕的是去病，也許……還有李夫人。去病的脾氣妳該聽過一二了，這幾人雖然是文官的夫人，她們的夫君並不歸去病統轄，可皇上重武輕文，她們畢竟不敢拿夫君的前程性命作賭注和我鬥氣。而我……」我冷哼一聲，「今日勢必是一場鴻門宴，反正服軟也不可能有退路，索性不用再客氣，把這些小鬼嚇走了再說。」

正說著，李妍和衛皇后攜手而來，身後是劉徹新近冊封的尹婕妤。李妍和衛皇后兩人的目光都落在我的腹部，又都假裝沒有看見，各自移開目光接受眾人的叩拜。反倒尹婕妤向我一笑，輕聲說了句「恭喜妳。」

李妍恭敬地事事請示衛皇后，想看什麼歌舞或行什麼酒令取樂，衛皇后笑著推卻了，「今日妳是壽星，凡事自然妳作主，本宮只是陪客。」

李姸和尹婕妤以及其他幾位娘娘商量後，最後以抽花籤為令，服侍李姸的女官做了令主。席間各位夫人使出渾身解數，力求逗李姸一笑，倒也是滿堂歡樂。

氣氛正濃烈時，有宮人來傳旨，抬著一個檀木架，上覆織錦繡鳳大紅緞。一座晶瑩剔透、光華流轉的九層玉塔立在其上。如此大的整塊玉石本就稀世難得，再加上細緻的雕刻工藝，真正世間罕見的寶物。

劉徹的這份壽禮，一看就是花費不少心思，眾人看得目瞪口呆，望向李姸的目光又多了幾分敬畏。李姸笑盈盈地命宮人將玉塔擺置於宴席正中間，方便眾人欣賞。

走路還不太穩的劉髆，搖搖晃晃捧著一個大壽桃上前給母親賀壽，像個小大人一樣，很規矩地磕頭行禮說吉祥話。本來還像模像樣，說到一半突然忘詞了，他一面吞著口水，吮著自己的大拇指，一面求助地扭頭看向後面的太子劉據。劉據低聲提醒他，他越急越不會說，望了一圈四周笑盯著他的目光，癟著嘴撲進了劉據懷裡，藏好自己的腦袋不讓我們看。

好一對可愛的兄弟，一直淡然看著的我也不禁笑了出來。衛皇后笑著搖頭，李姸臉上雖笑著，眼裡卻透著冷意，身旁侍女立即上前把劉髆從劉據懷中強抱走。我心中暗嘆一聲，天家哪來的兄弟呢？即使他們想天真爛漫，他們的母親也不會允許。

籤桶落到了那位江夫人手中。她抽了一根籤遞給令主，令主笑讀道：「牡丹籤，抽此籤者可命席上任何一人做一事。」

衛皇后靜靜地笑看著江夫人，江夫人似乎頗為躊躇地想了好一會，眼光從我們臉上掃過，落在維姬臉上，「我至今難忘上回夫人在席上的示情舞姿，想請夫人為我們再跳一次。」

維姬的身分今非昔比，雖然出身低賤亦非漢人，可畢竟她已是堂堂光祿大夫的如夫人。滿堂的歌舞伎，江夫人不點，卻偏偏點了維姬，嘲諷我們當日爭霍去病的一幕，也藉此羞辱維姬。

我嘴邊噙了絲笑盯著令主，那宮女與我對視了一會，眼中終是露了一絲畏懼，撇過了頭。她們對我畢竟還有幾分顧忌，可對維姬……

維姬的臉漲得通紅，又慢慢恢復正常。她在案下握了握我的手，姍姍起身獻舞。

李妍向我一笑，端起酒杯慢品。衛皇后聽到江夫人點的是維姬，神色釋然，漫不經心地轉過頭和劉據說話。我心頭忽然滑過一句話：「最了解你的，是你的敵人。」

維姬的舞姿曼妙動人，奈何滿席的人或驚詫嘲弄，或鄙視又不敢惹事低著頭只顧吃東西，根本沒人真正地觀舞，反倒被乳母抱在懷中的劉髆極是專注，看到精彩處拍著小手咯咯笑，掙扎著要下地。乳母無奈何只得放他下地，讓他立在一旁觀看。

維姬隨著舞曲旋轉身子，我看到二、三個滾圓的珠子不知道從哪裡滾出，「小心」二字還未出口，維姬已經踩到珠子向後摔倒，手下意識地去扶，卻匆忙中拽住了托著玉塔的紅綢。摔倒在地的瞬間，那座晶瑩剔透的稀世珍寶也砸成數截。

原本在一旁觀舞的劉髆看到維姬摔倒，搖搖晃晃想去扶她，幸虧一旁坐著的女子手快，拽回了劉髆。可即使這樣，幾片碎玉仍從劉髆胳膊上滑過，不一會他已流了滿手鮮血。嚇得宮女乳母全亂了套，扯著嗓子喊「太醫」。

原本打碎皇上賞賜的玉塔已是重罪，此時傷了皇子更是罪加一等。李妍低頭查看劉髆的傷勢，待擦乾淨血後，發現只是割了兩條口子，她眼中驚懼淡去，臉上卻越發顯得倉皇，眼中珠淚盈盈，厲聲喝罵著乳母宮女。

我憋著的一口氣緩緩吐出，幸虧沒有大事。可即使這樣……心中一跳，我扭頭看向維姬。慌亂中，她反倒靜靜跪著，雖然臉孔煞白，神色卻十分平靜坦然。她脫下玉指環迅速塞到我手中，低低道：「維姬無福，麻煩妳轉告日磾，淪落異鄉，能遇見他已是此生之幸，不必再掛念我。」

李妍抱著劉髆看了一眼維姬，望著地上的玉塔碎片對衛皇后道：「一切聽憑皇后娘娘處置。」維姬背叛了李妍，李妍肯定想讓她死。今日之事表面上全是維姬的錯，且兩件都是重罪，衛皇后犯不著為了維護一個與己無關的西域舞孃與李妍起衝突。

衛皇后看都沒有看維姬一眼，淡淡道：「一切按宮中規矩辦。誤傷皇子，先受杖刑一百，雖是後宮之事，但毀損玉塔之罪還是該由皇上處置。」李妍點點頭。

杖刑一百！光是傷了皇子這個罪名，維姬已經非死不可，還需要什麼後面的？

李妍哄著劉髆，眼睛卻挑釁地盯著我。衛皇后身後的雲姨朝我搖頭，衛皇后看向我時，帶著勸戒的眼光掃向我的腹部。

我手中緊緊拽著日磾的指環，拽得手都疼。為了孩子，我應該忍，應該忍……日磾給維姬這個指環時，絕對想不到我已有身孕，我還需要照顧一個脆弱的小孩，事後他該會體諒我的處境。而

且今日偏偏如此倒楣，李妍肯定沒有想到她的陷阱能發展得如此完美，會把皇子牽扯進來，傷勢雖輕，罪名卻是天大。

維姬被宮人拖出，她閉上了眼睛，一臉平靜。

我一面不停地找各種理由讓自己忍，可一面又不停地自問，若今日讓維姬赴死，我以後能活得心安嗎？我和越來越陰狠的李妍又有什麼區別？我當年恨伊稚斜背叛朋友，難道我這不是另外一種背叛？

我驀地叫道：「等一下。」衛皇后滿是無奈地瞪了我一眼，裝作沒有聽到，李妍卻得意地笑了，微朝我點點頭：「金玉，妳沒有讓我失望，歡迎進入陷阱。」

我跪倒在衛皇后和李妍面前，「維姬雖然有錯，卻不是罪魁禍首。」我攤開手掌，一顆碧玉珠子躺在掌心。

當時一團混亂中，我只搶著撿到一個珠子，這個物證實在太單薄，單薄到似乎只是把我拖下了泥塘，卻不能讓任何人浮起。「維姬跳舞時，民女看到有幾顆這樣的珠子滾到她腳下，她因此而摔倒。」

李妍瞟了眼珠子沒有說話，一旁宮女道：「皇子和公主們常拿這種玉珠子彈著玩，難道是……」她猛地掩住嘴，跪下磕頭，「奴婢萬死！」

李妍搧了她一耳光，喝罵道：「賤奴才，什麼話都敢亂說！」李妍看向周圍的人，「除了金玉，還有誰看見這珠子滾向維姬腳下？」所有人都拚命搖頭。

李妍一言不發地看向衛皇后，此時已經不是殺一個維姬就可以了事。一個珠子把流言導向了在場的皇子和公主，誰有可能心懷嫉恨想打碎皇上賞賜給李夫人的玉塔？還傷了幼弟？衛皇后的唇邊帶了絲冷笑，「徹查到底，先把維姬帶下去關著。」

李妍的眼睛一瞬不瞬地看著衛皇后，衛皇后保持著唇邊那絲笑，繼續道：「把金玉也帶下去看管好。」

◈　◈　◈

匡當一聲，獄卒鎖上了牢門。維姬眼中淚花滾滾，「玉兒，妳何必把自己捲進來呢？」

我拿起她的手，把玉指環給她戴上，「既然是日磾親手交給妳的，即使要還給日磾，也該妳親手還給他。」

維姬剛才赴死時面容平靜，此時反倒眼淚直落。我替她把眼淚擦去，四處打量了下牢房，「比我想得好一點。」

維姬立即站起，把地上鋪著的稻草攏成厚厚一高垛，要我坐上去，「牢裡終年不見陽光，地氣太陰毒。」

我摸著自己的腹部，心中暗道，對不起，你爹爹走了未久，我就把你照顧到牢裡來了。

我一直把李妍看作衛氏的敵人，並沒有真正把她當作我的敵人，可今天起，我們之間再沒有任

何情分。她一個陷阱套著一個陷阱，陷阱的盡頭到底指向何方？李妍若想藉此傷害劉據和衛皇后，出手未免太輕了，她究竟想做什麼？我此時一點都看不清楚，

兩天過去，沒有任何動靜。估摸著陳叔和紅姑她們早已亂套，也肯定想過辦法來看我，卻一直沒有出現，事情看來很嚴重。

我們的飯菜已經好過其他犯人，但和霍府的日常食用一比，和豬食也差不多。我並不是挑嘴的人，可這個未出世的孩子卻被我們養得有些嬌慣，自懷孕後一直貪吃的我，變得吃不下東西。

維姬讓我先吃兩份飯菜中最好的部分，我也不和她客氣，但即使這樣，我仍舊沒有胃口。強迫自己多吃幾口，一轉眼又立即吐出來，維姬急得眼淚汪汪。

我滿腹擔心和無奈，卻不願維姬太過自責，強笑著自嘲：「不知道像誰，我和去病都不挑食，卻養了這麼挑嘴的一個孩子，以後要好好教導一番了。」

整座牢房只有正午時分會有幾縷陽光，通過一方窄窄的石窗，斜射入柵欄前的一小塊地方。光柱中，萬千微塵飛舞，看久了人變得有些恍惚，不知道微塵是我，還是我是微塵？抑或大千世界本一微塵？

一雙薄靴，一襲合身的月白袍，陽光自他身後灑下，為他周身染上一層淡薄如金的光暈，令他看上去幾欲隨風化去得虛幻，可那個暖若朝陽的笑卻真實的直觸心底。在這個幽暗陰冷骯髒的牢房中，他的出現讓一切都變得明媚溫暖。我不能置信地閉上了眼睛，再睜開，他依舊站在陽光中。

九爺細細打量著我，彷彿已隔三世，眼中藏著擔心、恐懼。他向我伸手，雖一言未發，我卻

知道他想要替我把脈，要立即確定我一切安好才能放心。我默默把手腕遞給他，一會後，他面色稍霽。我想收手，他卻一轉手握住了我，力氣大得我手腕生疼。

他仍舊笑著，眉梢眼角卻帶著幾分憔悴，看來竟比我這個待在牢獄中的人更受煎熬。我心中滋味莫辨，說不清楚是幸福還是痛苦，半晌後方擠出一句：「我沒有受什麼苦。」

他緩緩放開我的手，「陳夫人不許任何人通知霍將軍，妳要我設法通知他嗎？」

我搖搖頭，「戰場上容不得分心，此次戰役是與匈奴單于的決戰，這是他自小的夢想，如果他不能盡全力打這場仗，會成為他生命中永遠的遺憾。何況我不過是在牢中住幾日，沒什麼大礙。對了，你怎麼在這裡？」

他淡淡一笑，「皇上畢竟也是我的舅父，這個人情不算大。」

他說的很輕巧，可其中艱險卻是可想而知，只是不知道他為此究竟做了什麼犧牲，又對劉徹承諾了什麼。以他的性格，什麼苦楚都是獨自一肩挑，即使問也問不出什麼來，我索性裝作相信了他的話，讓他一片苦心不要白費。

「玉兒，究竟怎麼回事，細細和我講一遍，我才好想對策。」

我靜靜想了一會，緩緩道出我和匈奴的關係，和日磾的情誼，以及李妍已經猜測到我和日磾關係非淺，利用維姬不露痕跡地把我收進網中。

九爺聽完後，蹙著眉頭，「妳還有事沒有告訴我。朝中的人都知道霍將軍和衛將軍雖然是親戚，可關係十分緊張，甚至在皇上的引導偏袒下，霍將軍手下的人在軍中常擠兌打壓衛將軍的門

生。如果李夫人只是為了太子之位和衛氏有矛盾，她不該開罪霍將軍，反而應該利用霍將軍和衛將軍的矛盾，盡量拉攏霍將軍，怎麼會一再對付妳？這次雖然牽涉到皇子、公主，但她顯然更想要妳……」九爺十分不願意把我和那個不吉利的字眼連在一起，話說了一半未再繼續。

我笑向他一揖，「真是什麼都瞞不過你。」我語氣輕快，想緩和凝重的氣氛卻沒有成功，九爺依舊皺眉看著我。

「我和李妍的確還有些私怨，但我不能說。其實她對我恨意如此強烈，實在出乎我的意料之外。」

九爺頷了下首，沒有繼續追問，想了一瞬道：「最關鍵的就是珠子是誰滾出來的，或者說關鍵是要找一個掉落珠子的人。江夫人雖然是事情的起端，但她不過是個糊塗人，估計什麼都不知道，反倒是那個行令的宮女值得一問。」

「我也是如此想的。當時看到她迅速把籤扔回籤筒中，我就有些懷疑那個令根本就是她自說自話。不過李妍能讓她做這樣的事情，肯定絕對相信她，她又在李妍庇護下，很難問出什麼。」

九爺嘴角緩緩勾起一抹笑，不同於往日的笑意，而是透著寒意，「何必問她，只需讓李夫人選擇犧牲她就夠了。」

我想了一瞬，明白是明白，卻不知道九爺要怎麼做才能讓李妍退讓妥協。外面隱隱傳來鐵器相撞的聲音，九爺眼中滿是不捨，「我要走了，妳再忍耐二、三天。」

自九爺進來後，維姬就躲到了角落，時不時看一眼九爺。此時聽到九爺要走，她忽地上前對著九爺磕了三個頭。九爺詫異地看了她一眼，顧不上多問，只極是客氣回了她一禮，「拜託夫人照顧玉兒。」

維姬匆匆避開九爺的禮，帶著惶恐重重點了下頭。

九爺的離開帶走了牢房中唯一的陽光，不過他已經在我心上留下了陽光。

維姬有些怔怔愣愣，我看著她問：「妳認識九爺？」

她點點頭，又搖搖頭，「我見過他，原來你們漢人叫他九爺。沒有幾個人見過他，可我們都想他肯定是個心像天那麼大的人，所以西域人都尊稱他『釋難天』。西域乾旱，很多藥草沒法生長，漢人總用高價把藥草賣給我們，可釋難天不僅把藥店開得遍及西域，價格和漢朝一樣，每到疫病流行或戰爭時，他的藥草都免費供給無家可歸的人。

我還沒被挑中做舞伎時，曾見過他在街頭給一個病重的小乞丐治病。那天他也穿了一身白衣，素雅乾淨得像神山托莫爾峰頂上的雪，小乞丐身上流著烏黑發臭的膿血，可他把那個孩子抱在懷裡，一舉一動都小心翼翼，唯恐弄疼那個孩子，彷彿抱著的是一塊珍寶。

後來我在龜滋王宮裡再次看到他，當時小王爺剛試完一把威力強大的弩弓，興奮地上前想要擁抱他，那是多少人夢寐以求的尊貴禮節，他卻絲毫沒有動容。

雖然他微笑著，可我能感覺到他心中的冷淡和拒絕。我無意中聽到他們的幾句對話，又想起當年所見，才猜測他也許就是傳聞中的釋難天。天下間除了他，還有誰的心能如此？他雖然身有殘疾，可他的音容會讓人覺得他比所有人更高貴。

我每次見他時，總覺得他似乎背負著很多，微笑中藏著很多疲憊，所以我想最大的敬意就是不要打擾他。他在宮中住了三天，我在遠處看了他三天，每日都會向神祈求，希望他有一日能像普通人一般。沒想到今日竟然又見到他了，還是一個最想不到的地方。」

維姬微彎著脣角，似乎在笑，可又帶著傷心，「能見到這樣的釋難天真好，他會怒會生氣，也會因為放心而真心地笑，他不是那個寂寞孤獨的神，可他……卻在……傷心。」

我默默地扭過頭，不知道視線落在何處，看到了什麼，只想避開維姬帶著質問和她自己也未必明白的請求。釋難天，他釋著別人的難，可他的難該由誰釋呢？

自九爺來過後，我和維姬的待遇改善不少，每日飯菜可口許多，甚至晚飯後還會送一大罐牛乳給我們。我依舊很挑嘴，不喜歡吃的，一吃就吐，所以維姬總把我能吃的、愛吃的都揀給我。兩人如此分配，我這兩日也基本吃飽。

黑暗中，維姬輕聲說：「明天我們就能出去了。」

我嗯了一聲。維姬對九爺極度信賴，根本不理會整件事情的微妙複雜，她只相信九爺說過讓我再忍耐二、三天。

半夜時我一頭冷汗從睡眠中疼醒，想喊維姬卻發不出一點聲音，全身一時寒一時熱，不停地哆嗦，一絲力氣也提不上。幸虧維姬睡得淺，我打著顫的身子驚動了她。她一看到我的樣子，驚得眼淚立即掉下，衝著外面大喊著來人。

我看到她的反應，心裡驀地冷了半截。維姬行事冷靜沉著，此刻卻失態至此，我現在的樣子恐怕已在鬼門關外徘徊。

維姬叫了半晌都沒有人理會，她匆匆把外衣脫下來披在我身上，我疼得像要碎裂成一段段，只恨不得立即灰飛煙滅，方躲開這如地獄酷刑般的疼痛，意識漸漸墜入黑暗。

不行，我不能睡去，睡著了也許再沒有痛苦，可有人會傷心。我答應過去病會照顧好自己和……孩子！心中一震，我拚著最後一點清醒，用力咬住舌頭，口中血腥瀰漫，人卻清醒不少。

疼痛來得莫名其妙，不像病，倒更像是毒。我說不出話，只能用眼睛示意維姬，維姬倒真是冰雪聰明，看到我視線落在陶罐，立即捧來罐子，扶著我把牛乳灌下。

口中的血混著牛乳嚥入肚子，胃裡翻江倒海般噁心，我還是逼著自己不停地喝，因為每喝一口，也許我活下去的機會就多一分。

維姬抱著我只是哭，「玉兒，要死也該我先死，是我背叛了娘娘，打碎了玉塔，為什麼我沒事情……」她驀地明白過來，臉上全是害怕和悔恨，「我們交換了飯菜，妳一人中了兩個人的毒……」

我已是滿口的血，再咬破舌頭也維持不了清醒，在維姬的淚水和哭求聲中，意識漸漸沉入了漆黑的世界。

第三十三章 毒計

我趴在馬車窗口長長一聲嘆氣，
去病在外打著一場艱苦卓絕的仗，
我這邊也是兇險萬分，
不過我不會讓自己有事的，
我一定會保護好孩子和自己。

人像睡在雲上，輕飄飄地說不出的舒服，很想就這麼一直睡下去，可心中的一點清明卻告訴我無論如何也要醒來。

自己彷彿分成了兩個人，一個躺在白雲間睡覺，一個在半空俯視著沉睡的自己，她拚盡全力對著下方呼喊：「醒來，快點醒來。」睡著的我卻一無反應。她累得隨時都會從半空摔下，跌成碎沫，神智也漸漸渙散，可依舊拚命堅持一遍又一遍地呼喊：「金玉，妳要醒來，妳一定要醒來，妳能做到的，只要用力睜開雙眼，用力再用力，妳就能醒來，妳能做到……」

我能做到，我一定能做到，有人等著我呢！眼皮像山一般沉重，可我最終還是艱難地睜開了雙眼。九爺一臉狂喜，眼中竟隱隱有淚，猛地抱住了我，「玉兒，我知道妳一定能醒來。」

維姬一面笑著一面抹淚，「幸虧九爺不肯等到天明接妳出去，案子一定，即使半夜也求皇上放人，否則我就是百死也贖不回自己的罪過。」

日磾靜靜看著我微笑，眼中也是一層水意，一旁的小風指著我道：「妳們女人真是麻煩，只會惹人擔心！」話沒說完，他語聲哽咽，驀地扭過了頭。

看來我真是從閻王殿前逛了一圈，以至於連九爺的醫術，也不敢確保我性命無憂，讓眾人擔足了心。

我輕輕撫過腹部，知道他一切安全，才徹底放心。

九爺眼中血絲密布，整個人說不出的憔悴。一向儀容優雅的他，衣服竟然皺巴巴地團在身上，看來一直沒有換過。

我有心想說一聲「謝謝」，可知道根本沒有這個必要，這兩個字太輕太輕，而內心深處的感覺，我不願讓他知道，很多東西只能讓它永遠沉澱在心底深處，說出來反倒徒增彼此的痛苦。

我啞著嗓子問：「事情都過去了嗎？」

九爺一眨不眨地凝視著我，根本就沒有聽見我說的話。我不敢看他，視線投向日磾，石風嘴快地道：「妳昏睡了將近四天四夜，天大的事情也有結果了。」

日磾平靜地說：「玉石珠子是宴席上的發令女官搞的鬼，她是皇上新近冊封的尹婕妤的人。尹

婕妤本想藉此機會一箭雙雕，讓衛皇后和李夫人反目相鬥，她好漁翁得利。事情被查出來後，女官畏罪自盡，尹婕妤撤去封號，貶入冷宮。」

李妍雖然沒有傷到衛皇后，卻把另一個可能的敵人打垮了。尹婕妤，那個笑容健康明亮的女子，與李妍的楚楚動人截然不同的風情，剛得了劉徹寵愛不過半載，卻在兩大勢力的打壓下糊里糊塗進了冷宮。

我心中一震，金玉呀金玉，妳還有閒感慨別人糊里糊塗？難道妳就是聰明人嗎？如果沒有九爺，妳只怕早就糊里糊塗地見閻王了！不能再低估李妍，也不能再對她心軟，否則只能害了自己，讓親者痛，仇者笑。

「我是中毒了嗎？」

九爺沒有回答我，一扭頭才發現他竟然就半靠在榻上睡著了。

維姬瞅著我道：「將近四天四夜，九爺一直守在妳的榻前沒有闔過眼，我們怎麼勸都沒用。」我凝視著九爺憔悴疲憊的面容，心中的滋味難辨。

小風犯愁地看著九爺，我忙道：「不要驚動九爺，就讓他在這裡睡吧！把我挪到外面的榻上。」

看維姬和小風替九爺墊枕頭脫鞋襪，又在榻腳擱了一盆冰塊消暑。維姬剛要轉身離開，九爺睡得迷迷糊糊中拽住了她的裙角，喃喃叫道：「玉兒，不要離開我，不要……」屋中三人都看向了我，又立即移開了視線。

維姬想把裙子拽出，九爺卻一直沒有鬆手，眉頭緊皺在一起，「這次不放手，不會放手……」

小風想上前幫忙，維姬搖頭阻止了他，「讓九爺拽著吧！至少他在夢裡可以舒心一些。」

日磾輕嘆一聲，遞了剪刀給維姬把裙子剪開，九爺握著手中的一幅裙裾，眉頭慢慢展開。我俯在枕上，心中全是痛。

日磾幾分了然，坐到榻側拍了拍我肩膀，「妳剛才不是問起中毒的事情？」

我深吸了口氣，把心神收回。事情走到這一步，我和李妍之間已經無法善了，而且還把已經從長安抽身而退的九爺，再次捲入這個大泥塘，還是其中最大的漩渦，皇子奪嫡。不管為了誰，我都必須打起精神。

日磾看我肅容傾聽，讚許地輕點了下頭，「這幾日九爺一直忙著救妳，很多事情都顧不上理會。問了九爺是何人下的毒，九爺沒有回答，但我揣測應該是李夫人。皇上肯定已經知道妳中毒的事，宮中太醫和稀世難尋的藥材源源不斷地送過來，雖沒有明說為了何人何事，大家都是裝糊塗罷了！看皇上的舉動，心裡只怕也很擔心，而且……」日磾頓了下，「十分憂慮。」

若真有什麼事就是一屍兩命，皇上這邊再封鎖消息，九爺肯定會讓霍去病得知。以去病的脾氣，又是重兵在握，皇上還真該擔心憂慮。想到此處，我陡然一震，李妍並非為了私怨，她的最終目的原來還是大漢天下。

雖然霍去病和衛青不和，但畢竟同根連氣，一損俱損，此次若真如了李妍的意，朝廷必定大亂。劉徹即使最後撥亂反正，也會元氣大傷，無力再西張。

維姬急急擰了帕子替我擦汗，「這些事情以後再說吧！現在先養好身體。」

我道：「撿回一條命，我更緊張自己，說說話不礙事。把事情說清楚，我心中有了計較也好安心休息，否則老是擔心下次會有什麼暗箭，更是休息不好。」

日磾道：「關鍵是妳和李夫人一向交好，很多人到現在都以為妳們親如姐妹。而霍將軍和衛氏在政治上並不是很親暱，甚至和衛大將軍在軍中勢力相抗，李夫人就算想替兒子爭取太子之位，也沒有置妳於死地、激怒霍將軍的動機。再加上李夫人正受寵，沒有如山鐵證，皇上根本不會相信，反倒會懷疑是因為衛氏懼怕李氏分了他們在朝中的權力而弄鬼，所以中毒一事即使追究，肯定也追不出明堂來。」

我嘆道：「李妍既然敢做，肯定已經安排好退路和頂罪的人，甚至一個不小心又把哪個無辜的人當了犧牲品。已經發生的事情，我懶得去理會，倒是砸碎玉塔傷了皇子的事情，九爺怎麼令李妍退讓的？」

日磾搖搖頭表示不清楚，「我只知道九爺和皇上密談過一次。具體談了什麼，只有他倆知道，之後皇上便下旨由九爺徹查此事。也許是李夫人想到一個衛皇后她已經很難撼動，再加上勢力未明的九爺，與其做無用的糾纏，不如犧牲一個卒子，把另一個正變得越來越危險的敵人先擊垮。」

我哼了一聲，「她哪裡是放棄糾纏？根本就是還有後招，而且一招更比一招毒辣，所以假裝放手，麻痺一下眾人，還讓衛皇后幫她懲治了尹婕妤。皇上以後即使想起尹婕妤的好處，心中有怨，也全是衝著衛皇后。」

日磾和維姬都露了懼怕的神色，維姬喃喃道：「從一開始就是一環套一環，好縝密可怕的心機。」

我對日磾道：「真是對不住你，本來你在長安可以過得平穩，我卻把你拖進了這場紛爭。」

日磾握住維姬的手笑道：「危難識人心，一輩子能交幾個託付生死的朋友，痛快淋漓地活一場，什麼都值得。若非妳，我在這也不會結識霍將軍和九爺這般人物，天照和小風這樣的義氣之交，這種事情妳多拖幾回，我也甘願。」

維姬也展顏而笑，「我也甘願。以前聽故事說一諾託生死，總覺得不可信，認識妳和日磾後，我相信了。根本不需要諾，一個指環就夠了。」

小風嘟囔道：「我可不甘願，小爺我只想好好做生意賺錢，妳的破事以後最好別煩我。」

維姬皺了皺鼻子，歪著腦袋嬌俏地問：「那先前是誰放著生意不做，在這邊待了幾天幾夜，還嚷著要去刺殺李夫人為玉姐姐報仇？又是誰看到玉兒醒來，竟背著身子抹眼淚？」

小風跳著腳往屋外衝，一面道：「我那是因為九爺，還有我爺爺。」

我們三人望著小風的背影，相對而笑。我的心中暖意融融，原本因李妍而生的陰霾全部消散。有友若此，復何憾哉？

◈ ◈ ◈

九爺要我住在石府，天照、日磾和紅姑也懇求我留在石府，陳叔本來頗有些微詞，但當九爺問道：「你能確保霍府所有人都可靠嗎？」

陳叔神情複雜，怔了會，長嘆一聲向九爺行了大禮道：「都是老奴失職。等將軍回來，一定親自上門重謝九爺幫他照顧玉姑娘。」

九爺搭在輪椅上的手驀地緊了下，又緩緩鬆開，微笑著回了陳叔半禮。

天照氣哼一聲，「玉兒一進長安就在石府住過，我們本是故交，不用霍將軍謝。」

陳叔的目的已經達到，對天照的冷言冷語只裝作沒聽見，向我細細叮囑幾句後轉身離去。

日磾又是好笑又是苦笑，望著我搖頭，維姬卻是帶了幾分憤憤不平，我只能報以苦笑。不管九爺還是去病，一個女子若能遇見其中一人，得其傾心，絕對是天大的福分。可兩個天大的福分加在一起，卻絕對不是一加一等於二，幸福翻倍，而是一不小心三個人就會被壓垮。

再次住進竹館，翠竹依舊青青，白鴿也依舊翩翩飛翔，可人事已經全非。我把我的感慨全藏到了心裡，九爺也盡力掩藏心緒，臉上只有那個淡若春風的微笑。

偶爾不經意側頭或者一回眸，恰恰撞上他凝視著我的眼睛。幽暗無邊的雙瞳中波濤翻湧，幾多心酸和痛苦在一怔後，又立即化作微笑，我的心緊緊一抽，只能裝作什麼都沒看見，移開視線，可內心裡已是千瘡百孔。

飲食嚴格遵照九爺的吩咐，何時休息，何時適量活動，月餘後我的身體已經完全康復。

我一再追問九爺和劉徹談了什麼，又究竟許諾了劉徹什麼才讓他負責調查玉塔事件，可九爺總是笑而不答。

自「生病」後，劉徹常命太醫來探望，還時時賜藥，皇后處也有宮人來探望，最最可笑的是李妍也打發了宮人來殷勤垂詢，還寫信傳授她養胎的諸般方法，字裡行間全是擔心，估計劉徹看到還真要感動於李妍不忘舊情，我倆姐妹情深呢！

小風每回見到李妍的人，就一副怒火上頭，大想抽刀的樣子，卻總被九爺的眼光，逼得乖乖坐回原處。

人一走，小風就在我面前跳著腳罵，什麼做生意也沒見過玩這麼陰的，什麼你們真是好涵養，居然還能微笑應對。天照勸了兩次沒勸住，只能由小風去。

九爺聽說後，只盯著小風看了半晌，看得小風胳膊上雞皮疙瘩冒了一片，人沉默了下來。難得看到這隻螃蟹服軟，我用絹扇掩著臉偷笑。

九爺對小風淡淡道：「以後李夫人派來的人就由你接待，若有任何差池，長安你就不用待了，你也就是個去西域給大哥和二哥當下手的料。」

小風低著頭，原地默默站了兩個多時辰。我和天照說的話，他全充耳不聞。

一夜之後，小風的神色多了一些別的東西。天照看著小風對九爺道：「長安的一切，以後可以放心交給小風了。」

「他的心比小雷、小電他們都大，如果想在長安做一方霸主，這些和官家虛與委蛇的功夫必不可少。」話雖如此，九爺的臉上卻沒有讚許，反倒幾分憂慮。他擔心小風走得太過，但小風此時鑽

進了牛角尖，一時也想不到合適的方法點醒他。

我既然病好了，於情於理都該去宮中謝恩。剛把意思對九爺說，他立即道：「不行。」

我蹙著眉，學著他剛說話的口氣慢慢道：「這些和官家虛與委蛇的功夫必不可少。」語氣神態都學了個維妙維肖，九爺氣笑著凝視我，眼中神色複雜。

估計很少有機會看到九爺被人堵得說不出話來，天照正在喝茶，未來得及笑便被茶水嗆得連連咳嗽。原本神情淡然立在一旁的小風看了我一眼，又看向表情古怪的九爺，臉上露出往日熟悉的表情，噗哧地笑出了聲。

九爺瞟了眼小風，唇邊露了笑意，「行事可以虛虛假假，心卻一定要真。長安多少富豪到最後除了錢其餘什麼都不知，他們不是在賺錢，而是迷失在錢中。凡事過猶不及，如何在紛擾紅塵中保住一顆赤子心，全靠自己。」

小風怔了一會，向我嘻嘻笑著行禮示謝，大聲道：「我懂了。」

天照此時才明白我為何故意學九爺的語氣揶揄他，看看我，又看看九爺，帶著遺憾輕聲一嘆。

「九爺，我知道你不放心。可這些事情總要由我自己面對，按照規矩我必須進宮當面叩謝娘娘們的掛心。畢竟……畢竟我已經不是一個人，和他們已經有了千絲萬縷的關係。」

九爺沉默地看著窗外，天照和小風都靜靜退出屋子。半晌後，他的聲音輕飄飄地在空蕩的屋子響起，「不要吃用宮裡的任何東西，不管是李夫人或者皇后處，能早走就早走，真有什麼事情立即找皇上，現在宮裡反倒是皇上最可信。皇上答應過我……因為霍將軍，皇上一定會護著妳。」

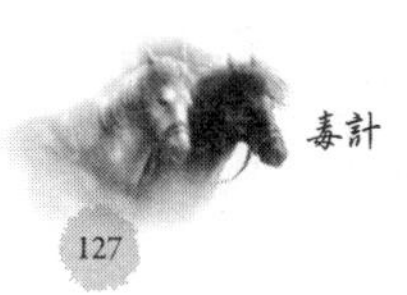

我心中很多困惑，此時卻不好多問，只立即答應。

◈ ◈ ◈

入宮後，我先去叩謝皇上。去時劉徹正在書房內批閱奏章，沒有召我進去，只命我立在門口，隨意問了幾句就揮手讓我退下。

皇上問的多半是病養得如何了，只一句話問得有些突兀：「孩子還有幾個月出世？」

我琢磨了一會，卻想不出什麼特別的道理，也許皇上只是看去病能否趕回迎接孩子出世。

按理本應先去拜見皇后，不過為了自己的安全，我還是決定先去見李妍，這樣即使她有什麼花招也會有個忌憚。

李妍笑靨如花，注視著我的腹部道：「這個孩子的命可真是多劫難，一開始就這麼不順，只怕日後磨難更多，說不定……」

我哈哈笑了兩聲，把她後面難聽的話擋回去，「怎麼會呢？我和去病從未做過虧心事。娘娘這麼信命，倒該好好擔心一下自己，思慮憂愁過多折壽，聽聞娘娘最近也病了一場，估計是謀慮太多。」

李妍捏著絹扇的手太過用力，指節漸漸發白。

「民女特意來謝過娘娘的『殷勤愛護』，還要去皇后千歲處謝恩，先行告退。」

我起身要走，李妍冷笑道：「妳真以為皇后是一心護妳？如果衛皇后心思真那麼單純，怎可能專寵後宮那麼多年，讓陳皇后在冷宮含恨而終？衛少兒和她比，簡直愚蠢。衛皇后和衛青是衛家最聰明的兩個人，衛氏其餘宗親都反對霍去病娶妳，獨獨他們兩個既不明確反對，也不表示支持，衛皇后反而對妳不計前嫌，常常施以小恩小惠。金玉，妳不會聰明了一世，反倒此處糊塗了吧？」

她慢悠悠地，一字一頓道：「妳難道真認為妳的病是因我而起？」

我心中念頭幾轉，卻只是對李妍欠身一笑，腳步未停地向外行去。

她驀地問道：「為什麼？金玉，為什麼？」

我被她問得莫名其妙，停住腳步回身問：「什麼為什麼？」

她的笑意褪去，臉上幾分淒涼，幾分困惑，「也許我該叫妳玉謹，妳為什麼放過匈奴的單于？妳不是和我一樣有殺父之仇嗎？」

「妳果然已經查出了我的身分。大概讓妳失望了，竟然沒什麼利用價值。就算我是匈奴人，也是和伊稚斜有仇的匈奴人，不可能幫他對付漢人。」

「金玉，我只想知道為什麼。入宮前，妳曾經勸我放棄仇恨，過自己的人生，我當時只覺得妳根本不明白我的痛苦，才會說出如此輕鬆的勸戒，可現在才知道，妳懂得，妳懂我的仇恨。」李妍語聲轉哀。

一改往日的優雅從容，此時的李妍像一個迷路的孩子，眼中滿是深深的無助。

我心中暗自嘆息，想了一瞬，認真地回道：「因為我有一個深愛我的阿爹，也遇見了阿爹盼望我得到的幸福。其實我的性子也是一根線，愛恨走極端，為了一己私心其餘全不顧的人。如果沒有阿爹臨終前一再叮嚀和逼我許諾，也許我早就回匈奴伺機報仇，根本不會來長安，不會遇見九爺，也不會遇見去病，說不定……

我搖頭苦笑，「說不定我也會在萬般無奈下對伊稚斜虛與委蛇，甚至嫁給他。唯一不同的是，我會等他戒心消退時藉機殺他，而妳是想讓自己的兒子登上帝位，掌控整個漢家天下。」

李妍眼中淚意盈盈，「妳的阿爹要妳放棄過去，走自己的路。我的娘親卻絕不允許我忘記仇恨，臨去時也依舊雙眼死死盯著我，直到我點頭承諾會報仇才閉上眼。」

我微提著裙裾離去，李妍的聲音在身後幽幽不絕，「為什麼？為什麼……不公平，老天不公平……妳和我本該有同樣的命運，可如今妳來去自由，擁有一心一意對你的霍去病和孟九，還有真心護妳的朋友。金玉，為什麼妳比我幸運？我恨妳，我恨妳……」

臨出屋前，我回頭看向李妍。翠玉珠簾寶光晶瑩流轉，雕鳳熏爐吐著龍涎香。李妍坐在鳳榻上，繁複的裙裾一層層鋪開在羊絨地毯上，顯得人十分嬌小。緋紅的織錦華衣，越發襯得臉色蒼白，眉眼間全是淒傷。

隔著長長的過道看去，那密密的珠簾竟然像監獄的柵欄。屋外縱使陽光明媚，卻照不進這深深庭院。

我心中驚悸，彷彿看到另一個可能的自己，忙扭回頭匆匆逃出。

人生的路越往下走，才越明白阿爹的睿智，也知道自己有多幸運。如果在岔路口選擇了不同的

路，就會變成另一種完全不同的人生。

李妍，其實妳也擁有很多。妳有真心疼寵妳的兄長，有什麼都不計較，只希望妳過得平安喜樂的李敢，現在還有一個聰明可愛的孩子，就是皇上對妳也是愛寵非同一般，真心呵護。只是妳把這一切都看作棋子，為了一個目的，妳已經徹底迷失自己。最後即使遂了心願，妳就開心了嗎？

◈ ◈ ◈

皇后寢宮中總是花香不斷，上次來是金菊鋪滿庭院，此次卻是一天一地的紫薇花，一天正在盛放的紫色花朵，一地已經凋萎的紫色落花。

偌大的庭院不見一人，靜悄悄無一點聲音，只聞頭頂的紫薇花簌簌而落，時有時無。被這種幽靜到極致的氛圍所懾，我不禁放輕腳步，沿著紫薇花瓣鋪就的路緩緩而行。

廊下，衛皇后側躺在湘妃竹榻上看落花隨風而舞。廊柱一角的水漏聲清晰可聞，滴答，滴答，越發顯得庭院幽靜。

我站了好一會她才發現我，也沒有起身，只向我笑指了指榻側，示意我坐。

我靜靜地行了個禮，跪坐在榻下的蓆子，「花開得真美。」

衛皇后淡然一笑，「時間太多，不知道該幹什麼，只好全花在侍弄花草上了。」

我默默地坐著，半晌後衛皇后問：「病全好了嗎？」

既然大家都認為我只是偶感風寒得了一場病，我也只能陪著裝這個糊塗，「好了，這段日子讓娘娘掛心了。」說著便要起身磕頭。

衛皇后伸手挽住了我，「這裡就妳我二人，說話就是說話，別弄這些繁文縟節出來，妳累本宮也累。」

庭院幽深，紫薇花樹茂密蔽日，外面的太陽再亮麗，都和這個庭院毫無關係。坐久了，我身上泛著一層涼意，卻並不覺得舒服。

水漏依舊滴答滴答，心頭莫名地冒出：更深漏長，獨坐黃昏，紫薇花開，誰人是伴？終不過落花人影兩相對。

「……也算得了一次教訓，以後行事要謹慎，該忍的時候就要忍。」

心思恍惚，只聽到皇后娘娘的後半句話，我一時嘴快，「總有些事情忍無可忍。」

難道冷眼看自己的朋友死在面前？忍著讓去病娶了他人？

衛皇后看著滿地落花，漫不經心地緩緩道：「忍無可忍，從頭再忍。人生沒什麼忍不了的。」

涼意從心頭泛起，我覺得有些冷。雖然皇宮美輪美奐，我心中卻滿是厭惡和疲倦，只想離去。

我起身向衛皇后行禮告退，她輕點了下頭，「照顧好自己，有什麼事情都可以來找本宮。」

快步走出寢宮，重新站在陽光下，我不禁深深吸了幾口氣。裡頭因為光線黯淡，只當已經黃昏，原來外面的陽光還如此明亮。其實這裡和李妍那裡，景致風情雖截然不同，但有一點卻是一般模樣：陽光永遠照不進去。

衛皇后的心思，不是想不明白，只是很多時候人糊塗一點會更快樂；想得太明白太透澈，反倒沒了滋味。

我心裡自始至終把自己認做是霍去病的人，和衛氏可沒什麼關係。去病願意幫衛氏，我全力贊同；去病不願意幫衛氏，我也全力贊同。

於我而言，取決於去病是否高興樂意做的事情，但於衛皇后而言，卻是一定要爭取的支持。她對我的幾分好，肯定都是做給去病看的。衛少兒雖然是去病的母親，卻還沒有衛皇后了解去病。他的性子認定的人和事，豈是別人幾句不贊同就能拉回來？

劉徹想讓去病和他的關係更親近，甚至取代衛氏在去病心中的位置，所以想許嫁公主，可衛皇后肯定不樂意見到這種事情，恰好去病不願意，她樂得順了他的心意，既是極大的順水人情，說不定還可以讓去病失寵於劉徹，一舉扭轉劉徹藉去病打壓衛青的局面。

我當日何嘗沒納悶過，以衛皇后在衛氏的地位，若真有心護我，下面的弟妹怎麼可能反對？只是我不願深想，寧願做個快樂的糊塗人，反正我在乎的只是去病。可現在為了孩子，卻不得不想，一舉一動務求小心謹慎。

去病雖然和衛青不睦，頻頻拆衛青將軍的台，甚至公然和他對峙，但去病如此做的原因有一大半卻是為了讓劉徹安心。在太子這個底線上，他無論如何一定是幫著衛氏。但衛皇后不會相信霍去病，就如她不會相信劉徹一樣。

其實，在那個陽光照不進去的宮廷待久之人，最後除了自己還會相信誰呢？

我若真因李妍出什麼事，對衛皇后而言，只要時機掌握得好，事情處理好，不但不是壞事，甚至是天大的好事。去病不會放過李妍，衛皇后自然可以坐看去病如何剷除她現在最大的敵人。

李妍和衛皇后要的結果一樣，只是個人目的不同，所以事情發生的時機選擇不同，事後的處理不同而已。

在那個宮廷裡，真心希望我和孩子平平安安的人居然只有皇上。

難怪進宮前九爺一再叮囑我有事去找皇上，反而對衛皇后隻字不提，他其實早就看明白一切，只是顧忌我和去病的關係，不忍心傷我。

我趴在馬車窗口長長一聲嘆氣，去病在外打著一場艱苦卓絕的仗，我這邊也是兇險萬分，不過我不會讓自己有事的，我一定會保護好孩子和自己。

馬車還未到石府就看到九爺的身影，他竟一直等在府門，我忙向他招了下手，下車第一句話就是：「我沒有喝水，也沒有吃東西」。

他點了下頭，探手把我的脈，一會後才神情真正釋然，「奔波了一天，吃過晚飯就休息吧！」

我心中別有滋味，臉上卻只淡淡點了下頭。

◈ ◈ ◈

「多久孩子出世？多久孩子出世？……」

「不公平，不公平，不公平……」

「我恨妳，我恨妳，我恨妳……」

「忍無可忍，從頭再忍。忍無可忍，從頭再忍……」

劉徹的面容，衛皇后的面容，李妍的面容，交錯著在眼前飛過，一個分裂成兩個，兩個分裂成四個，四面八方全是他們，笑意盈盈的，眼中帶恨的，冷若冰霜的……驀然間都向我飛撲而來。

我護著肚子，拚命躲閃卻無處可逃，眼看他們就要抓到我的肚子……我「啊」的一聲慘叫，從榻上坐起。

窗外月色很好，映得榻前一片銀光。我明白只是一場噩夢，身子卻還微微發抖，九爺拄著拐杖匆匆而進，「玉兒？」

我抱著頭道：「沒什麼，只是作了一個噩夢。」

他坐到我的榻旁，「不管什麼噩夢都不會成真。」

他的聲音如同春風，驅除了我身上的寒意，我的心慢慢平靜下來，「毒藥是不是也可能是皇后所下？」

九爺脣邊一抹苦笑，「是不是皇后親口吩咐，不可得知。衛氏如今是一個大的政治利益集團，從平陽公主到一般門客都與衛氏的榮辱休戚相關。李妍和皇后兩方都有可能下毒，如果是皇后這方所下，他們就會準備好證據指向李夫人，事情一旦成功，則逼迫皇上給霍將軍交代。以皇上的性格，十之八九會犧牲李妍。美人是難求，可名將更難尋，而且一個女人在皇上心中，無論如何也比不上千秋功業、萬里江山。可皇上雖犧牲李夫人，卻會因此對霍將軍心中怨恨，這也算一箭雙雕的計策了。

如果是李夫人下的毒，證據也許會指向衛氏，也許會指向別人，就看她想要的是什麼。她的目的妳應該最清楚，甚至她的目的應該更能說服妳和吸引妳的注意，否則以妳的聰明，不會一直懷疑是她，而忽略了皇后。」

我一臉苦澀的笑，「難怪你一定要把我留在石府。我剛才作了個夢，夢見他們都想要我的孩子。迄今為止，戰場上傳來的一直是捷報，我雖然也擔心，可我更相信去病一定能大勝而回。此番如果再勝，去病在軍中的地位就要超過衛將軍。皇上雖極其器重去病，可疑心病是皇家通病，隨著去病的權力地位漸高，皇上的疑心也會漸增。」

九爺道：「霍將軍表面行事張狂隨興，實際卻暗藏城府。這些事情他該早有計較，皇上也還算明君，應該能把疑心掌控在合理範圍之內，我相信霍將軍不會替自己招惹殺身之禍。」

「這個我懂，以前去病就和我提過一些。他在軍中行事張狂，不得兵丁的心，也就是出於這些考慮，現在看來成效很好，皇上顯然對他比對衛將軍更信賴。可我計較的不是這些，我覺得皇上想要這個孩子，他想把孩子帶進宮中撫養。」說到後來，我心中酸楚，雖然極力克制，眼中依舊有了淚花。

天下間有哪個母親捨得讓孩子離開？雖然看上去臣子的孩子能得皇上撫養，的確寵愛萬千，尊貴無比，可實際卻不過是一介人質。

九爺眼中又是憐惜又是痛楚，「妳為什麼會這麼想？」

我搖搖頭，「不知道，我就是覺得會這樣，即使皇上沒這麼想過，李妍也一定會提醒皇上如此。她對我恨怨已深，只要能讓我不快樂，即使對她沒利也會做，何況此事對她還大大有利。」

「啊！對了！」我忽地叫道：「李妍已經查出我小時候在匈奴的身分，當日日磾吹笛為我伴舞一事，我想皇上也看在眼裡，他應該也清楚了我和匈奴的關係。」

九爺的臉色變得慘澹，眼中全是痛楚，匆匆扭頭看向別處。我這才反應過來，他若知道當時的一幕，對他而言會是何樣滋味。

我咬著唇，想說什麼卻不知道該說什麼。

他淺笑著轉回頭時，臉色已如往常。「往好裡想，妳和伊稚斜有仇，皇上不該對妳有任何疑心；可往壞裡想，無論如何妳畢竟是匈奴人，妳就真沒有一絲幫匈奴的意思？」

我嘆道：「的確如此。畢竟去病的地位特殊，如果我利用去病做什麼，或他一時糊塗聽信了我什麼，這些都是皇上不得不防的。李妍再巧言點撥一下，皇上把孩子帶進宮撫養的可能性就很大。」

九爺默默想了一會，「不要著急，只要妳不願意，沒有人可以搶走妳的孩子。還有三個月的時間，我們總會有對策，現在先好好休息。」

我還想說話，九爺搖了搖頭，示意我禁聲，扶我躺下休息，「妳不累也該讓孩子休息了。」

他替我拉好薄被，又拿了絹扇幫我輕打著扇子。我一直睜著眼睛瞪著帳頂，他沒有問我，卻完全知道我的心意，溫和地說：「不會再作噩夢了，我在這裡幫妳把噩夢都擋開，趕緊閉上眼睛睡覺。」

他雖是一句玩笑話，語氣卻溫和堅定，讓人沒有半絲懷疑。我看到他似水的目光，心驀地狂跳起來，不敢再多看一眼，匆匆閉上了眼睛。

隨著扇子的起落，習習涼風輕送而來。我想著剛才光顧著擔心孩子，言語間竟然絲毫沒有顧慮他的感受，心中一陣酸一陣澀一陣痛，千百個「對不起」堵在心頭。

「玉兒，不要多想，沒有對不起。還有機會照顧妳，能分擔妳的憂慮，我心甘情願……」他的聲音越來越低，後面的話幾不可聞。

我身子一動不動，裝睡是唯一的選擇。

第三十四章

險計

手中捏著的荼蘼花被揉碎，
原本浸在花中的藥香飄入鼻中，
立即催發早已喝下的藥。
不一會，一身的汗混著血濕透了衣服。
我的血在他的白袍上漫開，彷彿燦爛的紅花怒放。

元狩四年的漠北戰役，大將軍衛青領兵五萬從定襄出兵，霍去病領兵五萬從代郡出兵，隨軍戰馬十四萬匹，步兵輜重隊幾十萬人。

霍去病不理會個人恩怨，任用李敢為副將，又毫不避諱大膽重用匈奴降將復陸支、伊即軒等人，旗下聚集了一批能征善戰、勇敢無畏的從將。這支虎狼之師在大沙漠地帶縱橫馳騁，行軍兩千多里，與匈奴三大軍力之一的左賢王相遇。

雖然是在匈奴的腹地打匈奴，但霍去病對匈奴的地形氣候十分熟悉，冒險拋開輜重隊，深入敵人後方，採用取食於敵、就地補給的策略，他率領的馬上軍隊比匈奴的騎兵更靈活、更迅捷、更勇猛，將左賢王部打得大敗。

捕獲單于近臣章渠，誅殺匈奴小王比車者，斬殺匈奴左大將，奪取了左賢王部的軍旗和戰鼓，匈奴軍心大亂。

隨後又快速翻越離侯山，渡過弓閭河，捕獲匈奴屯頭王和韓王等三人，以及將軍、相國、當戶、都尉等八十三人，共斬殺匈奴七萬餘人，匈奴左賢王部幾乎全軍覆滅。

衛青率部北進一千多里，穿過大漠，遭遇匈奴單于所率主力精騎。衛將軍下令軍中以武剛車環列為營應戰，又命人將匈奴在趙信城積攢的糧食物資全部焚毀，頓失補給的單于大軍失去作戰力，漢軍趁亂斬殺匈奴近兩萬人。

因為一連串的前例，劉徹迷信地認為李廣打仗運氣不好。衛青一則因劉徹的叮囑，二則因為想讓公孫敖立下更多戰功，所以李廣雖一再請求做前鋒，衛青仍只讓他做了策應。

李廣在沙漠中再次迷路，未能與匈奴交戰，又錯失一次封侯機會。白髮將軍悲憤交加下，在衛青面前揮劍自刎。

雖然漢軍的勝利中蒙著李廣自盡的陰影，但畢竟是漢室開國以來，對匈奴的史無前例，更也許再無來者的巨大勝利。

至此，繼元朔五年衛青將軍滅殺匈奴右賢王部眾後，大漢與匈奴之間歷經整整五年的交戰，匈奴三大主力：單于部、左賢王部、右賢王部全被漢軍擊垮，漠南從此無匈奴王庭。

霍、衛兩軍勝利，會師於瀚海。為慶戰功，霍去病決定在狼居胥山立祭天高壇，在姑衍山開闢祭地廣場，準備祭拜天地。

捷報傳回長安，我雖不能親見去病，也能想像到他那副表面上冷靜淡定，骨子裡卻志得意滿的樣子。現在他肯定騎著馬，耀武揚威地審視著已經臣服在他腳下的匈奴大地。

從小聽著舅父和匈奴人作戰的故事長大，他從舅父教他第一次騎馬，第一次挽弓起，就夢想著有朝一日，站在匈奴的土地上俯瞰整個匈奴大地，而今他的夢想實現了。

霍去病人還未回到長安，他在祭拜天地時做的歌賦就已經傳唱回長安。

「四夷既護，諸夏康兮。
國家安寧，樂未央兮。
載戢干戈，弓矢藏兮。
麒麟來臻，鳳凰翔兮。
與天相保，永無疆兮。
親親百年，各延長兮。」

小風學著街上的人唱完後，我心中滿是疑惑，戢干戈？藏弓矢？

天照嘴角噙笑，「此歌前三句實寫，後三句虛寫。『載戢干戈』出自《詩經．周頌．時邁》。

把兵器都收藏裝載起來，比喻戰事停息，從此不再動用武力，此句還有歌頌天子英明賢德的意思，很應現在的景。但『弓矢藏兮』沒有寫好，『載戢干戈』的下一句原本是『載櫜弓矢』，霍將軍的上句既然已經原文引用了《時邁》，下一句也應該照舊化用，這樣才更暗示出原文的四海停戰，讚頌周武王功績的意思，也和下面三句相合。不過作為武將能寫成這樣，已經很好了。」

九爺掃了眼天照，天照立即斂去了笑意。我邊思索邊道：「『藏』字的確沒有用好，一字變動，味道大異，不但割裂了全文原本藉《時邁》表達四海無戰事的喜悅，和稱頌天子的意思，這個『藏』字倒更像從范蠡的警世明言『飛鳥盡，良弓藏』中化用。」

九爺的臉色一變，眼中疑惑，但看到我的神色，明白他所想的有可能是真的，露了一個恍惚的笑，笑容下卻藏著絕望，「霍將軍讚賞范大夫？」

我輕輕點了下頭，心中透出幾分歡欣，可又立即擔心起來，「皇上能看出這個藏字的變動嗎？」

「全文就這一字而已，何況櫜和藏在此處本就一個意思，妳是因為知道霍將軍讚賞過范蠡才想到，整個大漢朝有幾人如妳一般了解霍將軍？一般人應該都會把霍將軍當成一個武夫，做文章時用詞不當而已。」

一旁的天照聽到此處，才約略明白我和九爺說的意思，臉剎那漲紅，有點結巴地問：「霍將軍又不是司馬相如，為何好端端地突然做這麼一首歌賦傳唱回長安？」

我道：「去病應該是藉此歌謠試探皇上的心意。周武王是帝王中少有以武力威懾四海，卻得到

百姓愛戴的天子，去病明裡讚譽周武王，實際卻藉了周武王表明自己的心意。」

九爺垂目看著地面，「當今皇上大肆興兵，匈奴打完了，只怕還想打西域。可霍將軍連沒落的匈奴帝國都已經不屑一顧，又怎會對欺負這些沒什麼還手之力的小國感興趣？他想要的是如強盛時期的匈奴般勢均力敵的對手。」

天照愣了好一會才說道：「表面上看霍將軍行事張狂隨興，似乎只知道一往無前，可就看此歌，從做歌到傳唱回長安，霍將軍的心思細緻處，不比一向行事沉穩的衛大將軍差。」

去病最聰明的一點，就是讓所有人都以為他除了戰爭外其餘都不夠聰明，我心中幾分得意，剛露了一絲笑，對上九爺的眼神，笑容立僵，嘴裡竟有苦味。

九爺扭過了頭，推著輪椅向外行去，「不打擾妳了，早些休息吧！」

◈ ◈ ◈

再過十幾日，去病就能回來。自他出征後，我一直懸著的心緩緩擱回了一半，可另一半卻因為衛少兒和衛君孺的到來提得更高。

這兩姐妹一反往常的冷淡，對我竟露了幾絲熱情。原來劉徹想接我進宮待產，臣子的兒子還未出生，就擁有與皇子比肩的聖眷和尊貴，她們是來道賀的。可天大的尊榮和聖寵?!我看到她們的笑顏，直想拎起掃帚把她們都打出去。

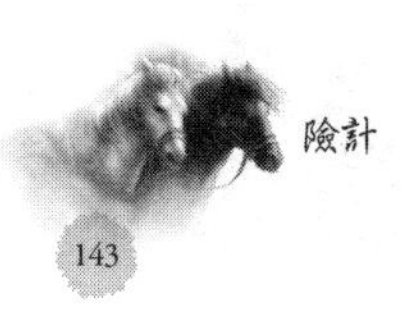

她們究竟懂不懂這無比的尊榮和聖寵之後的東西？是根本不懂，或根本不在乎？畢竟富貴險中求，衛子夫這個皇后又何嘗不是飽受風刀霜劍？

已近夏末，牆角處的一叢荼蘼仍舊累累串串，綴滿枝頭，一團一團的紅開得轟轟烈烈，熱熱鬧鬧。但荼蘼開過花事了，這已是夏日最後的一朵花，烈火噴油地絢爛中，隱隱透出秋的肅殺。

人生不也是如此？水滿時代表快要溢出，月亮最圓時則代表快要月缺，權勢最鼎盛時也預示著盛無可盛，必將轉衰。

皇上此舉是否也算是對去病歌賦的一個回應？等去病回來，我已入宮，難道要他公然反抗皇上已傳的旨意，強接我回府？權勢越是鼎盛時，越不可行錯一步，否則埋下禍端，粉身碎骨只是轉瞬間的事情。

隨手掐下一朵荼蘼花插在鬢邊，心中主意已經拿定。

◈　◈　◈

書房內，九爺正在翻醫書。我徑直進去，坐在他對面，「九爺，我想求你一件事情，求你務必答應我。」

九爺握著竹冊的手一緊，迅速地說：「我不答應。」

我一瞬不瞬地盯著他，「我這段日子幾乎翻遍了醫家典籍，很少有提及藥物催產的記載，其中

風險可想而知。不到萬不得已，我怎會出此下策，用自己和孩子的生命冒險？」

九爺眼中全是痛楚，緩緩道：「還有別的方法。我們可以立即離開長安，遠離這裡的紛擾爭鬥。」

我定定地看著他，沒有回應他的話，「如果你不答應，我會設法找別的大夫。」

我知道我在逼他，可這一刻我別無選擇，我不可能跟著他離開長安城，那樣置去病於何地？他的臉色越來越難看，慘白中透出的全是絕望。我的心也痛到痙攣。我們已真正錯過，我已經選擇了霍去病，不管發生什麼事情，不管什麼磨難風險，我都不會離開，不會留霍去病獨自一人面對長安的風雨。

我沉默地起身向外行去，他的聲音在身後微弱地響起，「我答應妳。」

我知道他會答應，因為他絕對不會放心把我的性命交給別人。我身子沒有回轉，腳步平穩地走著，聲音沒有一絲異樣，甚至冷淡平靜，「多謝！」眼中的淚卻悄無聲息，瘋狂地墜落。眼淚雖因他而掉，卻絕不要他知道，我寧願他看到的只是一個冷漠的背影。

◈　◈　◈

一場夏末的雷雨剛過，地面猶濕滑，我送宮裡派來探看我的太醫時，一失足從亭子臺階摔落。落在外人眼裡，我是肚子著地，實際上，落地瞬間我已用一隻手和膝蓋化解了全部衝力，只是為了效果逼真，刻意把另一隻胳膊想像成全然不懂武功的人所有，任由其重重滑過青石地，那半邊衣袖全是血跡。

手中捏著的荼蘼花被揉碎，原本浸在花中的藥香飄入鼻中，立即催發早已喝下的藥。不一會，我已經整個人痛得全身縮起，一身的汗混著血濕透了衣服。太醫慌亂地大叫著人，九爺倉皇從地上摟起我，我的血在他的白袍上漫開，彷彿燦爛的紅花怒放。他的臉上卻無一絲血色，深不見底的漆黑雙瞳中，凝聚著海一般深的恐懼。

九爺明知道一切都是預先設計好的，卻表現得真實無比，這下再精明的人也看不出任何破綻。可看到他額頭冒出的汗珠，我心中反應過來，他哪裡是演戲？根本就是他真實的反應！從我喝下那碗催胎藥時，我的生命就懸在一線之間。

我強撐著想向他一笑，表示自己無事，卻發覺根本無法控制自己的身體，整個人疼得不停哆嗦，上下牙齒得得打響，唇不經意已被咬出血。九爺的眉頭緊緊皺在一起，把手掌伸到我嘴邊讓我咬，不許我再傷害自己。我想避開，不想傷害他，打顫的牙齒卻已咬在他的手上。

他額頭的汗珠順著鼻翼臉頰滑下，看上去彷彿淚滴。一滴滴落在我的臉上。我的血，他的血，我的汗，他的汗，混雜在一起，我的嘴裡又是腥甜又是鹹澀。力氣從身體中抽離，神智開始混亂，身體的疼痛似乎離我遠去，心的疼痛卻越發清楚。

感情失去了理智的束縛，全表露在眼中，眼中的淚也失去了控制，在他眼前紛紛而落。

陷入昏迷前，只聽到一句話反反覆覆，是哄，是求，是寵溺，是悲傷，是喜悅，是絕望，「玉

兒，不要哭，不要哭，不要哭……」

人剛清醒幾分，撕裂的痛楚剎那充斥全身，一向自制的我也忍受不住地哼出聲。

不知昏迷了多久，我只覺得屋中一切昏暗。一道簾子從我胸前拉過，兩個穩婆在簾子內忙碌，九爺坐在簾外陪我。他看著雖然疲憊，神情卻異樣的鎮定，緊緊握住我的手，一字字道：「妳肯定不會有事，肯定不會。」可惜他微微顫抖的手出賣了心情，他在恐懼。

我用力展露一個微笑，虛弱卻堅定的點點頭。

一個時辰又一個時辰過去，只有漫無邊際的疼痛，孩子卻仍舊不肯出現。寶寶，你怎麼還不肯出來？娘親的力氣快要用完了。

隨著我的一聲痛呼，簾子內的穩婆大叫道：「孩子出來了，出來了，是個男孩！雖然早產了兩個月，小得可憐，可真精神，一看就不是普通孩子。」

九爺神情一鬆，「玉兒，做得好。」

一個婆子抱著孩子出來，喜孜孜地讓我看，我聽到他的哭聲，只覺心中大慟，胸悶至極，差點昏厥過去。寶寶，你是在哭剛出生就要和娘親分離了嗎？

九爺急急掐我的人中，方把我喚醒。他和門口的天照交換了一個眼色，探詢地看向我，我忍著心中萬般不捨，微點了下頭。

天照進來抱起孩子，「奶媽已經等候多時，宮裡來的人也一直等著看孩子，我這就帶孩子過去。」說著就向外行去。

我口中嗚咽了幾聲，也不明白自己想說什麼，天照立即停住了腳步。我定定盯著天照胳膊間的小東西，半晌後猛然閉上了眼睛，九爺對天照輕聲說：「你去吧！」

九爺的手輕搭在我的腕上，神情越來越凝重，指頭變得冰涼。我勉力笑道：「我已經不覺得疼了，只是有些累和睏。我的身體一直很好，你不用擔心，睡一覺就能養好身體。」

「血止不住，止不住！」婆子的臉色慘白，說到後來她不敢看九爺的眼睛，只低著頭極其緩慢地搖了下頭。九爺的身子一顫，低聲急急吩咐婆子該做什麼，又立即命人煎藥。

一盆子又一盆子乾淨的水端進來，又一盆子一盆子鮮紅地端出去。我恍惚地想著，那麼多血真的是從我身上流出的嗎？

那種從骨子裡透出的疲憊，流淌在四肢百骸間，整個人懶洋洋地溫暖，只想呼呼大睡。九爺卻不許我睡去，在我耳邊不停地說著話，強迫我盯著他的眼睛，不許閉眼，「玉兒，還記得我們什麼時候認識的嗎？」

怎麼可能忘記？漠漠黃沙，碧碧泉水，仿若天山明月般的白衣少年。

「還記得那套衣裙嗎？那是樓蘭的一個好友贈送，說是送給我的妻子，還笑說備好嫁衣，自然有女子出現。而妳出現了，一身襤褸的衣裙，卻難掩靈氣，滿身的桀驁不遜，眼睛深處有憂傷，臉上卻只有燦爛到極點的笑。我第一次聽見女子那樣肆無忌憚地放聲大笑，彷彿整個天地都由她縱橫。我當時只覺得妳穿上那套衣裙一定會很美麗……可是，我居然沒有見過妳穿它的樣子……」我的眼中有了濕意，一滴一滴落在他的掌心。

我很努力地想聽他說話，可他的面貌卻慢慢模糊，我的眼前蒙上一團白霧，什麼都慢慢淡去，「九爺，我是不是要死了？」

九爺緊緊拽著我的手，「不會的，不會的……」他不知道是在說服自己還是說服我。

「九爺，對不起，我欠你的，今生只能欠著了。我一直都希望你能過得快樂，我曾經費盡心機做了很多事情，只為了能讓你眉頭舒展，不要任何人傷害你，可最終原來傷你最深的人是我。不要難過，你難過時我也會難過，你心痛時我也會心痛。」我躺在他懷裡，沒有恐懼，十分平靜，一些不能出口的話終於敢說出。

他的臉輕挨著我的臉，臉上有濕意，是誰落淚了？

「玉兒，對不起的人是我。如果我沒有猜錯，妳和李妍之間的恩怨恐怕也是因我而起。如果不是我，妳根本不會和李妍走得那麼近，也不會幫她入宮。妳已經做到最好，是我一直自以為是把妳關在門外。如果我肯對妳坦誠相對，就不會有今日的一切苦楚。」

小風端著藥匆匆進來，九爺立即給我餵藥。每一次吞嚥似乎要用盡我全身的力氣，九爺一面替我擦汗，一面道：「我知道妳堅持得很辛苦，可妳一定要堅持，不能放棄，否則會有很多人傷心。」

想到去病，想到剛出生的孩子，體內似乎又多了幾分力氣。

「……在木棉樹空地上坐上一陣，把巴雅爾的心思猜又猜……北面的高粱頭登過了，把巴雅爾

的背影從側面望過了。

東面的高粱頭登過了，把巴雅爾的背影從後面望過了……種下榆樹苗子就會長高，女子大了媒人就會上門。

西面的高粱頭登過了，巴雅爾把我出嫁的背影望過了……東面的高粱頭登過了，巴雅爾把我出嫁的背影從後面望過了……」

九爺溫和低沉的歌聲響在耳邊。伴著歌聲，他將一枚枚銀針插在我的各個穴位間。

「玉兒，我現在才知道我只要妳活著。不管妳心裡有誰，和誰在一起，我只要妳能快樂地活著，那我也會快樂。妳不是不要我傷心嗎？只要妳活著，我就不傷心。」

眼睛慢慢闔上，九爺的聲音依舊一遍又一遍，「妳一定要活著，一定要活著，一定要活著……」

這麼堅持固執，誓和老天抗衡的聲音，即使我的意識已經渙散，可它們卻一字字刻在了心上，和很多年前的另一個聲音重疊在一起……

「一定要活著。答應阿爹，妳一定要活著。」

◈

◈

◈

長長的一條黑暗隧道，只有前方有隱約的光芒。我追逐著光芒向前飄著，看見有狼群在奔跑，其中一隻是餵養過我的狼，我忙追上前，狼群突然消失，變成了於單。他笑著向我招手，我也呼喊著向他奔去，忽地阿爹出現在於單身後，我高興地大叫著「阿爹」，如同幼時一樣向他飛撲過去。他卻沒有如往常張開雙臂等著抱我入懷，反倒很生氣的樣子，似乎根本不想見我。

我站在原地，遲疑地想著，卻什麼都想不起來。回頭處一片漆黑，前方卻有溫暖的光芒和阿爹、於單。我忍不住又向前走，阿爹一臉淒傷，默默無語地看著我，他的神情觸動了什麼，腦子裡滑過一個又一個模糊的面容，他們也會如此淒傷？

一定要活著，一定要活著……

雖然根本不明白是什麼意思，腳步卻遲疑地停住。我克制著對黑暗的恐懼，向後走了一步，阿爹露了一絲笑，我的身體疼起來。

一定要活著，一定要活著……

每向後走一步，離光亮更遠了一點，身體越發疼痛。原來往前的每一步是幸福，往後的每一步都是鑽心的疼痛，可阿爹在笑，腦海中的兩個面容似乎也是欣慰，那麼再大的疼痛，我都可以忍耐。雖然根本不明白我為什麼寧可自己粉身碎骨，也不要他們傷心。

我一步又一步，緩慢但艱難地向後退去……

「玉兒！」異口同聲地驚喜。入眼處，兩張不同的臉卻是同樣的憔悴，同樣的疲憊。

兩人同時想伸手扶我，快觸碰到我的臉頰時又同時停住，頓在半空。霍去病側眼看向九爺，九爺眼中因我甦醒的喜悅褪去，滿是黯然苦澀，臉上卻是一個暖暖的笑，手握成拳頭，青筋隱隱跳動，一寸寸地縮回了手，驟然轉身推著輪椅向外行去，「我去命廚房準備一些吃的。」

霍去病一言不發地側躺到榻上，小心翼翼地環抱著我。他的雙手緊緊扣攏著，胳膊卻不敢用力觸碰到我。這是一個宣布保護和占有的姿勢，可貌似堅強下卻藏著不確定和擔心。

我努力把頭向他靠去卻動作遲緩，他忙幫我把頭挪到他肩上，脣邊驀然有了笑意，胳膊也真真切切地摟在我身上。半晌後，他低語道：「玉兒，我們以後不要孩子了。」

一提到孩子就心痛，我強笑道：「以前還有人說要生一個蹴鞠隊出來呢！不是上陣不離父子兵嗎？」

他用下巴蹭著我的額頭，「都沒有妳重要。我現在都有些恨這個孩子，我守在妳榻邊時，一直想著如果因為生他，妳出了什麼事，我根本不想見他。」

我遲疑了會，問道：「你見過孩子了嗎？」

他沉默了一瞬，聲音低了許多，「沒有。我回來時，他已經被接進宮中了。皇上賜名嬗，據說由皇后娘娘親自撫養，一切待遇和太子同等，比一般的皇子還矜貴。因為早產了兩個月，身體很虛弱，一堆太醫圍著他轉，把宮裡鬧得很是不消停。當時妳性命垂危，我只匆匆進宮拜見了皇上，粗略稟報戰役過程就趕著過來陪妳。」

看著他血絲密布的眼睛，我心中滿是暖意和心疼，「又好幾日沒休息了吧？先去睡一覺！」

他搖搖頭，「我就在這裡守著妳，哪都不去。」

我聞著他身上久違的味道，心中說不出的安定，「那就在這裡睡，我好想你。」

我從沒有主動對他說過直白的情話，大概因為是第一次，把他驚得立即撐起身子，瞪著我問：「妳說什麼？」

我抿著唇，笑著不回答他。

他定定瞅著我道：「再說一遍。」

我慢悠悠地說：「好話不說二遍。」

他顯了失望之色，躺回枕上。我在他耳邊道：「我很想你，很想你，以後再也不要一個人在長安了。」

他剛開始一臉欣喜，到後來卻滿是心疼，眉宇中藏了無奈，手指輕撫過我的唇，「對不起。」

他應該已經知道離開長安後發生的一切事情，不知道他心中怎麼判斷事情的糾葛。這聲「對不起」只怕也包涵了他對衛皇后的疑心，以及孩子被帶入宮中撫養的命運。

我心中不安，猶豫著要不要現在就告訴他孩子的真相，他忽地說：「匈奴已被徹底趕出漠南，再無餘力對漢朝進行軍事侵襲，以後最多也就是不痛不癢地小打小鬧了。」

我心中一動，「皇上怎麼賞賜你？」

「還不就是那些權力富貴的賞賜？」他的語氣平淡中帶出了幾絲厭倦，眉梢眼角常有的神采飛揚蕩然無存。

他打匈奴只是為了從小的一個夢想，開始時應該也為隨之而來的高官厚祿，與盛極長安一時的尊榮而高興過。但伴隨著越來越高的官位，越來越大的權力，他的世界不再僅僅是打匈奴，而是漸漸陷入長安城的勾心鬥角中。甚至此後有可能戰場越來越淡，而權力爭鬥的繁雜無聊將越來越重。

他一直不屑在這些事情上浪費精力，用他以前對我說過的話：「非不懂，乃不屑。」可現在卻終究是避不開，身不由己地被捲入。

「玉兒，晚上我們就回家，好嗎？」

一場持續幾個月的戰役，他在沙漠中轉戰幾萬里，星夜趕回長安，又因為我不能休息，此時說著他已經閉上了眼睛，睡意濃濃。

我忙放下一切心思，柔聲說：「好，晚上我們就……回家。」他原本的倦意一掃而空，眉宇舒展，帶著笑意睡去。

我的頭往他懷裡縮了縮，聽著他平靜綿長的呼吸。其實我現在已經在家了，有你的地方就是家，你的懷抱就是家！

◈ ◈ ◈

說的是晚上，霍去病卻一覺睡到隔日。我們告辭回霍府，只有天照出面相送，九爺說去廚房點菜後再未出現，我們也都裝作忘記了這件事情。

天照交了一張長長的藥單給霍去病，說一個月內可以讓太醫看我，但不要用他們開的方子，一

切要嚴格按照上面所說調理，一個月後可以用信得過的大夫開的方子。天照說話時，刻意在「信得過」三個字頓了一下，霍去病眼中一暗，接過藥單後，居然破天荒對天照抱拳一揖。

天照也沒有避讓，淡淡笑著說：「我會轉達給九爺。」去病不放心讓別人抬我，非要抱我上馬車，我皺眉瞪眼鼓著腮說不行也無效，只能由著他擺布。

經過石府的湖時，沿著湖岸的鴛鴦藤已經快要謝了，沒有白色，只有金燦燦的黃，雖不多，但點綴在一片綠色中越發顯眼。霍去病眼光掃了一圈後，沒有表情地抱著我穿行在鬱鬱蔥蔥的鴛鴦藤間，我埋在他頸間什麼都不敢看。

馬車還未停穩，一個十四、五歲的少年已經快步跑著迎出來，一路大叫著「大哥」，聲音中滿是欣悅。看到去病正抱著我要下車，他忙幫著打起簾子。

去病看向他時，眼中罕見地溫和，「玉兒，這是霍光，我的弟弟。我這次回來時去拜見了父親，光弟想來長安，我就帶他來了。」

去病的「弟弟」兩字咬得極其重，沉沉地好似直接從心裡透出來。霍光臉上帶了得意和驕傲，眉目間藏著幾絲緊張，向我行了一禮，脆生生地叫道：「嫂嫂，妳身子好一些了嗎？」

雖然我和去病的關係人盡皆知，可從沒有人敢口頭直接承認。他一聲「嫂嫂」喚得我一時不知該如何回應，去病卻極是開心地笑了，一面走一面和霍光說：「你嫂子不好意思了。她現在精神不好，等她養好病，你們肯定能說到一起去。你這幾天都做了什麼？」

霍光笑著細數他在長安城的所見所聞，滿臉激動興奮。剛從偏僻地方到了帝國的都城長安，即使成年人也會驚訝震撼，何況一個少年呢？更何況他一進長安，就是以天之驕子霍去病的弟弟的身分去俯看整個長安？

去病一路只是靜靜傾聽，唇角卻一直抿著笑。我看到他的笑意，不禁也笑了。去病的表兄弟雖多，可沒有真正親近的。霍光對他的親暱，大概是他心裡渴望很久的東西。

再看向霍光時，我眼中不禁也帶了呵護。霍光很是敏感聰慧，雖然我一字未說，他卻已明白我心中認了他做弟弟，眉目間立即釋然，雖再未刻意叫我嫂子拉近關係，可語氣的隨和更顯出了心上的親近。

待我身體基本康復時，已從夏末到了冬初。這是我有生以來病得最久的一次，以我的身體和九爺的醫術都是九死一生，換成其他女子只怕早見了閻王。

夜深人靜時想起，手心會突然冒冷汗，覺得自己真是大膽，如果一切出了差錯，去病知道真相後會原諒九爺嗎？可當時為了孩子，我全沒有去想這些，只一門心思想著我的孩子絕對不可以被帶入那個沒有陽光的宮廷，絕對不可以成為鉗制去病的棋子。

第三十五章

苦計

看到他不解世事的烏黑雙眼，
我心裡驟起酸楚，自然而然就要去抱孩子。
望著他的笑顏，我再忍不住，
夾雜著思念愧疚難過心痛，眼中隱隱有了一層淚意。
我的寶寶，你現在是不是也會這般笑了？

霍去病口中輕描淡寫的「權力富貴的賞賜」，卻讓滿朝文武和全天下震驚。只這一次戰役，皇上又賞了五千八百戶食邑。這還是其次，關鍵是和霍去病一同征戰的將領都得到了封賞。

右北平太守路博多隸屬於驃騎將軍，跟隨驃騎將軍到達檮余山，賞一千六百戶，封為符離侯。北地都尉邢山隨驃騎將軍捕獲匈奴小王，賞一千二百戶，封為義陽侯。投降漢朝的匈奴降將復陸支、伊即軒皆隨驃騎將軍攻匈奴有功，賞復陸支一千三百戶，封為壯侯，賞伊即軒一千八百戶，封為眾利侯。

一直跟隨霍去病的從驃侯趙破奴與昌武侯趙安稽，各增封三百戶。校尉李敢奪取了匈奴的軍旗戰鼓，封為關內侯，賜食邑二百戶。校尉徐自為被授予大庶長的爵位，另外驃騎將軍屬下的小吏士卒當官和受賞的人更是多。

滿朝武將中，被封侯的也沒有幾個，可出自霍去病麾下的就快要占了一小半。除了李敢對霍去病感情複雜，其他人卻是經過這麼多次出生入死，和霍去病袍澤情深。特別是匈奴的降將，對霍去病既心念知遇之恩，又感佩其豪情，這種豪氣干雲的男兒，生死瞬間結下的感情非一般人能理解，也非朝中那幫文人能理解。

自秦朝到漢朝，大司馬一職都只有一人擔當，可劉徹為了真正把衛青的權力分化，特意又設了一個司馬，下令大將軍和驃騎將軍都當大司馬，而且定下法令，讓驃騎將軍的官階和俸祿同大將軍相等。

至此，霍去病在軍中的勢力已經超越衛青在軍中多年的經營。原本平凡的「驃騎」二字，也因為霍去病而成了尊貴和勇猛的代名詞。

劉徹這個舅父比衛子夫這個姨母更了解霍去病，劉徹雖然因為所處的位置，不可能真正相信任何人，可他卻在一定程度上明白霍去病是一個屬於戰場而非廟堂的人。

霍去病永遠不會為了權力富貴而汲汲營營。他可以為了追擊匈奴幾日幾夜不睡，但在官場交際應酬時，卻連說話的力氣都提不起；寧願獨自一人沉默寡言地待著，也不屑說那些廢話試探周旋。

大概這點也是霍去病和衛青最大的不同，衛青會為了家族的權力和安全隱忍不發，甚至向李夫人獻

金示好，圓滑地處理周圍利害關係，可這些事霍去病絕不會做。和深沉不見底的衛青相較，劉徹當然更願意相信霍去病。

但實際上，去病對朝中那些手段一清二楚，只是不屑為之。不過也正因他的一清二楚，他自有一套行事準則，即便最圓滑的人遇見去病，很多花招根本使不上。李敢就是一個例子，他的千百心計在去病的直來直去前，竟然全落了空，反倒自討狼狽。

因為劉徹對衛青明顯的打壓，對霍去病明顯偏袒，衛大將軍的府門前日漸冷落，霍去病的府門前日漸熱鬧。

幾個衛青的門客試探地跑到霍去病處獻殷勤，卻意外得到霍去病的賞賜，引得追隨在衛青左右的人心思浮動，有人或明或暗投入霍去病門下。門客任安向衛青進言，應該懲治背叛他的人，衛青淡笑道：「去留隨意，何必強求？」

霍去病敞開大門歡迎的態度，和衛青去留隨意的態度，導致了衛青的門客陸續離去，最後竟只剩下了任安。

不知道衛青心裡究竟怎麼想霍去病，也不知道他是否明白霍去病的一番苦心和無奈，臉上待霍去病倒是一如往常。但衛青的大公子衛伉卻對霍去病十分不滿，聽聞還曾為此和衛青起過爭執。

衛伉和霍去病偶爾碰見時，只要沒有族中長輩在場，衛伉常常裝作沒有看見霍去病，不行禮也不問安。霍去病的回應也極其簡單，你沒有看見我，我自然也沒有看見你。兩個表兄弟視同陌路。

皇后娘娘聽聞我的身體已好，顧念到我作為母親的思子之情，特以宮宴為由，召我入宮看望兒子。我雖已生下去病的孩子，可仍然身分未明。皇后本欲給我另置座位，可去病卻毫不顧忌在場眾人，緊緊拽著我的手，淡淡道：「玉兒和我坐一起。」

雲姨尷尬地想說什麼，衛皇后卻是一笑，柔聲吩咐：「在去病案旁再加一個位置。」

我心裡原本琢磨著還是應該顧忌面子上的事情，可感受著他掌中的溫度，突然覺得什麼面子不面子的都不重要，重要的是我們彼此握住的手。既然去病不放心我的安危，只有坐在一起才會安心，我幹嘛要為了這些人委屈去病的心意？

去病牽著我的手，穿行在眾人的目光中，我坦然地迎上眾人的各色視線。只要是這個牽著我的手的男子，其他人什麼樣的表情都不能損及我心中的幸福，也不會讓我低頭避讓。

霍去病帶我坐好後，眼中微有詫異地看向我，我一貫在宮中謹小慎微，這次居然一言不發地陪著他我行我素。

我向他偷偷做了個鬼臉，他搖頭一笑，眼中詫異全化作了寵溺。

乳母抱著孩子出來，緩緩走向我們。

霍去病臉上雖然淡定自若，可我卻感到他的手微微顫了下。我心中也是滋味古怪，沒有渴望思念，只是愧疚，甚至有逃開的衝動，眼睛一直不敢去看孩子。

李妍起先望著我和霍去病時，眼中一直含著冷意，此時卻嘴角輕抿，笑看著我們。

我心中驀地一驚，明裡暗裡多少雙眼睛盯著我？既然當日為了孩子，自私地選擇了這條路，那此刻就不是我表現愧疚的時候。

我強迫自己去看乳母懷中的嬰兒。說來奇怪，看到他不解世事的烏黑雙眼，我心裡驟起酸楚，自然而然就要去抱孩子。諸般情緒混雜在一起，我的雙手簌簌發抖，乳母看到我的樣子，遲疑著不敢把孩子遞給我。小孩子烏溜溜地大眼睛盯著我，居然嘻的一聲笑出來。

望著他的笑顏，我再忍不住，夾雜著思念、愧疚、難過和心痛，眼中隱隱有了一層淚意。我的寶寶，你現在是不是也會這般笑了？

霍去病抱過孩子，握慣韁繩弓箭的手滿是笨拙的小心翼翼，孩子哇哇大哭起來，乳母趕忙接過孩子哄著。

衛皇后體諒地看了一眼我們，對乳母吩咐：「先抱嫿兒下去。」又對我們道：「等你們心情平靜些，再讓你們單獨去看看嫿兒。皇上對嫿兒比對據兒都疼，所幸據兒也極寵弟弟，否則本宮還真怕據兒會嫉妒皇上偏愛呢！」

一席話說得滿堂笑聲，眾人豔羨不已，有人誇太子仁厚，有人立即向衛少兒恭賀。衛少兒露了幾分得意，矜持地笑著，我和霍去病卻都沉默地坐著。

李妍嘴角彎彎，露出了一個滿意的笑。

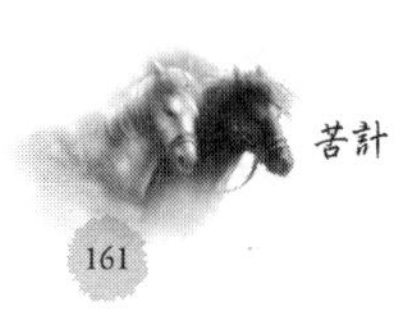

霍嬗嘴裡吮著自己的大拇指，時不時「咂吧」一聲，睡得十分香甜。霍去病席地而坐，手中緩緩搖著搖籃，靜靜凝視著孩子。

看到去病如此，我心中難受得像堵了塊大石，再難按捺，正想告訴他實情，掃眼查視四周時，卻瞥到李妍在窗外望著我們。見我視線轉向她，她眉毛一揚，含笑向我搖搖頭，姍姍離去。

我看去病仍只盯著孩子出神，輕輕追了出去。李妍彷彿預料到我會去找她，正在僻靜處等候。我還未開口，她就笑問：「滋味如何？」

我實在想不出在這種情形下，我該什麼樣子才是正常，所以只能面無表情地看著她。

「金玉，此後霍嬗在宮中一日，妳就不能真正地笑。妳要日日為他擔心。這孩子和他父親一樣，極投皇上的緣，如今是皇上的心頭寶，可沒人敢對他怎麼樣。只是小孩子都容易出狀況，今天摔一跤，明天掉到池塘裡，胳膊或腿出了事情都有可能。到時候，皇上即使再氣，也頂多是殺了照顧不周的下人。」

如果不是她，也許我就能嫁給去病；如果不是她，劉徹不見得真會把孩子帶進宮撫養；如果不是她，我不必出此下策，冒著失去所愛的人的危險，去鬼門關外走一圈；九爺在那幾日受的煎熬和痛楚，也全是因為她，還有現在去病的自責內疚和難過……

她笑得太過得意忘形，這一刻她不像那個行事步步為營的李妍，她只是一個被宮廷扭曲，對命

運滿心怨恨，遷怒於我的女人。如果我過得痛苦，那她對不曾得到正常女子的幸福的不甘就會淡化很多。

我心頭對她的積怨驟然爆發，一個閃身已經立在她面前，手掐在了她的脖子上。李妍的臉色轉白，咳嗽起來，卻依舊笑著，「我忘了妳一身武功呢！可這裡不是西域大漠，任由妳縱橫！妳敢嗎？後果妳承擔的起嗎？」

原來不只是她瘋了，我也快要被逼瘋了。

我深深吸氣又吸氣，緩緩鬆開手，笑著向她行禮，「還望娘娘原諒民女一時衝動。」

我伸手替她整理衣裙，聲音壓得低低，「李娘娘，我和去病都不是什麼心慈手軟的人。如果嬗兒掉一根頭髮，我要樓蘭一千個人死；如果嬗兒摔到哪裡，我要樓蘭一萬個人死，如果有別的什麼損傷，我一定要整個樓蘭……陪葬！」

李妍震驚地看著我，剛要說話，我替她理了理耳邊的碎髮，輕撫了下她的臉頰柔聲說：「妳不用擔心，我永遠不會洩漏妳的身分，我頂多就是毀滅樓蘭。去病手握重兵，只要打仗經過樓蘭時，尋個名目殺上一、二萬樓蘭人，皇上根本不會往心裡去。咦！不知道樓蘭總共有多少人？我索性設計讓樓蘭做一些違逆皇上的事情，激皇上大怒，一舉由大漢滅了樓蘭。」

李妍雙眼大睜，「妳不可能做到。」

出聲辯駁反倒顯得心中不安，我一字不說，只是笑意盈盈地退後幾步看著她。李妍看到我的表情，立即對自己的話不確信起來。

看到她的表情，我知道我的威嚇已經管用，俯身向她行禮便轉身離去。

嫿兒，這是我這個母親愧疚中能為你做的一點事情了。

李姸在我身後驀地笑起來，一字字道：「金玉，妳好……」

我沒有回頭，我和她之間再沒有什麼話可說。

◈ ◈ ◈

從宮裡出來後，去病就坐到了沙盤前，一坐就是整晚。我以為他在排兵布局，藉腦中的廝殺來排遣心中的悒鬱，所以也不去打擾他，給他一個獨自的空間去化解一些東西。

臨睡前走近一看，卻只見沙盤中幾個力透沙間的「嫿」字。他看我望著沙盤出神，抬頭一笑，眼中光芒閃動，拉了我入懷，「玉兒，不管皇上怎麼想，我都一定會把孩子帶回妳身邊。」

我一驚，急急道：「現在朝中局勢微妙，牽一髮動全身，皇后娘娘和衛大將軍都絕不會同意你此時違逆皇上。」

李廣之死激化了朝中以李氏為代表的高門世家，和衛氏外戚之間的矛盾。司馬遷等文官紛紛站在李氏一邊，對衛氏等外戚大加排斥。再加上民間對李廣將軍風評一向極高，因李廣的慘死，都對衛青有了微詞。

而宮中的李姸和其他妃嬪又怎可能放過這個機會？自然選擇先聯手扳倒最難撼動的衛氏再說其

他。朝中所有倒太子的勢力，不管現在是否對立或者將來是否成為敵人，現在都為了一個目的漸漸匯聚到一起。

李廣的從弟李蔡位居丞相，乃百官之首，當年憑藉軍功封侯，在軍中也有威信。自李廣自盡後，他一直表現極其冷靜，極力約束著李家子弟。可越是這種冷靜越讓人害怕，一場大風暴前越是平靜，最後的破壞力越是巨大。

如今的衛子夫早非當年寵冠後宮的女子，衛青也非那個深受皇帝信任、大力提拔的男兒。衛子夫雖然貴為皇后，可在宮中誰都知道李妍才是皇上的心頭寶，衛青雖然是大將軍，可朝中百官都已看出皇上靠著霍去病打壓分解他的勢力。

現在這個在朝中獨來獨往，不結黨拉派卻榮寵至極、大權在握的霍去病，成了衛氏和其他勢力之間的風暴眼。衛氏琢磨著他的態度，其他人也琢磨著他的態度。

如果他不能置身事外，那麼一個不慎，只怕是兩邊的勢力都想絞碎他。來自別的勢力的傷害陰謀並不可怕，反倒如果衛氏為了擺脫劉徹對衛青的彈壓而陰謀暗算，去病怎麼承受？他藏在沉默寡言和冷淡無波下的熱情，衛氏懂得幾分？或者他們沉浸在勾心鬥角的心，根本不可能明白，夏蟲不可語冰罷了。

霍去病聽到我的話，一時詫異不解於我怎會那麼關心衛氏的想法，待明白了我的擔心，他眼中閃過沉重的哀慟，繼而平靜無波，最後透出暖意，嘴邊含著笑用力抱住我，「傻玉兒，不用為我擔心，我要保護妳和孩子一輩子的，怎可能那麼輕易被人算計？」

簾外一聲輕到幾乎沒有的響動，霍去病大概因為心思全在我身上，或者他相信這是他的家，警惕性沒有戰場上那麼高，居然毫無察覺。

好一會後，輕舞方托著茶盤從簾外進入，臉上帶著羞紅，不敢看相擁而坐的我們，埋著頭恭敬地把茶擺在案上後，立即躬身退出。

霍去病壓根沒有看她，我卻笑瞟了幾眼她的腳，好一個輕舞，原來不僅僅是舞姿輕盈。這府裡各處還有多少這樣的人？

我的雙手環抱住去病的脖子，吻在他唇上。自他回來，我們雖然相伴數月，但因為我的身體，他一直克制著自己的欲望，此時被我主動撩撥，一下情難自禁，一面熱烈地回吻著我，一面抱起我向內室行去。

剛到榻上，兩人的身體立即纏繞在一起。我本來存了作戲給別人看的心，只想到室內兩人可以貼身細談，可此時他也點燃了我，我也是氣喘吁吁，心蕩神迷。

他忽地放慢了動作，一手半撐起身子，細細打量了會我，在我額頭吻了一下，一面順著臉頰吻下去，一面喃喃自語：「我一直在想妳……」

我心中一絲清明，雙手纏上他的身子，兩人又貼在了一起。他大概原本不想只顧自己痛快，想放慢速度多給我一些愉悅，可被我這麼一撥弄，此時再難忍耐，輕叫了一聲「玉兒」，就要分開我的腿。

「去病，嬗兒不是我們的兒子。」我嘴貼在他耳邊，蚊蚋般的聲音。

他全身驟僵，眼睛瞪著我。我眼中一下全是淚水，忙抱著他，「對不起，我沒有辦法接受讓兒子入宮，所以求九爺尋了一個體質很弱的孤兒和我們的兒子掉包。我沒有想騙你的，可我顧慮到你經常入宮，當時所有人都盯著你看，怕會被看出端倪。其實我幾次都想說的，可總是因為……」

我看著他漸漸鐵青的臉色，聲音越來越小，所有解釋的話都吞進了肚子。這件事情總是我錯，何必再狡辯？

眼淚一直在眼眶中打轉，我用力睜著雙眼不肯讓它們落下。去病的胸膛劇烈地起伏著，我在想他會不會一生氣立即轉身離去，手怯生生地鬆開了他的身子，卻又不甘心地緊緊拽著他已褪到腰間的衣袍。

他盯了我好一會，一字字道：「我是很生氣，可不是氣妳騙我。不管妳怎麼騙我，我都相信妳肯定是為了我們好。一時的權宜之計，我如何會不理解？可我氣妳拿自己的生命去冒險。妳說，妳的早產是不是有意為之？如果不是預先準備充足，藉助早產這個突生的變故，怎麼可能避開宮裡人的耳目？」

我本來已經準備好承受他的譴責，可沒想到他的生氣並不是為了我的欺騙，他對我是全無保留的相信。原打算絕不落下的眼淚全湧了出來，我猛地緊緊摟著他，哭著說：「以後再不會了，再不會了……」

他猛捶了一下榻，怒氣雖大，聲音卻很低，「這個孟九，對妳怎麼言聽計從？居然允許妳冒這麼大的風險？孩子在孟九那裡？他可健康？」

我嗚咽道：「嗯，已經送出長安，安置在最安全的地方。雖然早產了兩個月，但不同於宮裡體弱多病的嬗兒，身體很好也很精神。」

他匆匆替我抹淚，「別哭了，我雖然氣妳，卻更自責。我在妳阿爹墓前許諾要好好照顧妳，不讓妳受一絲委屈，可自妳跟我回到長安，卻一直委屈著妳。這事因我而起，當時我卻不在妳身邊，讓妳一人去面對一切。」

他一面說著，我的眼淚只是越來越多，「好玉兒，別哭了，我不氣了。可玉兒，以後不管發生什麼事情，都不能再用性命去冒險，若真有什麼事情，妳讓我……」他的聲音驀地頓在嗓子裡，眼中全是心酸，好一會才緩緩說道：「妳不僅僅是我心愛的玉兒，也許妳也是世間我唯一的親人，唯一不管發生什麼事都信賴著我，站在我這邊的玉兒，妳懂嗎？」

我拚命點頭，「我不會再做這樣的事情，我……」我的手指在他眉眼間輕撫，「我雖在昏迷中，可那幾日你守著生死未卜的我，心裡的痛苦、煎熬、自責和傷心，我全明白。我以後一定會照顧好自己，不會讓你再經歷這樣的痛楚。」

他眼中暖意融融，猛地捧著我的臉，響亮地親了一下，又沿著唇角一路吻到眼睛，把未乾的淚痕都吻去。兩人之間的火苗又竄起來，越燒越旺，本就不多的清醒早被燒得一乾二淨。我嘴裡喃喃道：「去病，你也不可以讓我經歷那樣的痛楚。」

他嘴裡含含糊糊應了一聲，腰往前一送，兩人的身體已結合在一起……

元狩五年的春天一點都不像春天，立春已久，卻仍舊寒氣迫人，草木也未見動靜。

一片蕭瑟的長安城保持將近半年的平靜驟然被打破，大漢朝的丞相李蔡因為盜占陵墓及神道用地而被告發。

劉徹一直信奉鬼神，很重神道，宮中術士都極受恩寵，就是皇子公主們見了他們都很客氣。丞相竟敢侵占神道用地，劉徹大怒，立即將李蔡下獄，等候審理。

李廣將軍一生清廉，仗義疏財，扶危濟困，雖享俸祿二千石四十餘年，死後卻是家無餘財。他的靈柩入長安城時，滿城百姓感念其德皆哭。如今李廣去世不過半載，他的堂弟，李氏一族的掌舵人，竟被人舉證揭發斂財私自盜地。雖然案子還未審理，可這樣的醜聞立即在有心人的引導下傳遍長安內外。

一般的百姓哪裡懂得廟堂上的風雲變幻？民心可欺，很快李氏家族的聲望就遭到重創。李敢在朝中極力遊走，甚至曾來霍府求見去病，去病卻沒有見他。

當年陳皇后被廢，衛子夫稱后的一個重要關鍵，就是因為從陳阿嬌的宮中搜出了衛子夫等受寵女子的木偶小人，傳聞阿嬌日日紮小人詛咒這些女子。

此時看到宮中術士貌似為神鳴冤，實際卻幫了衛氏一個大忙，我心中對當年那些木偶小人開始疑惑，也對如今那一畝被侵占的神道用地疑惑。

幾個木偶小人只要有合適的宮女就可以放進阿嬌的寢宮中，或者更聰明的做法是直接派人誘導病急亂投醫的阿嬌，而一畝地對於李蔡而言，是比芝麻還小的地方，只要稍做手腳，李蔡一個不慎就有可能忽略過去。

其實這很符合兵法之道，衛氏外戚表面上吸引了李氏全部注意力，卻在背後暗有一支沒有任何人想到的奇兵，突襲而至，讓敵人措手不及間兵敗，只是仍未置敵人於死地，所以最後勝負難料。

案子正在審理，結果還未出來，李蔡便在獄中畏罪自盡了。曾經的輕車將軍兼封安樂侯，如今大漢朝的丞相，竟然為了一畝被侵佔的神道用地而自盡在獄中。

自盡？我冷笑著想，如果當初我和維姬在獄中毒發身亡，是否也會是一個畏罪自盡的名目？短短半年時間，李氏家族官階最高的兩兄弟李廣、李蔡都自盡，舊喪未完，新喪又添。一門兩將軍不是死於匈奴的刀槍下，卻都死於自盡。

霍去病冷眼旁觀著整件事的發展，他如常地射箭練武，如常地打獵遊玩，甚至還會請人來府中蹋蹴鞠。蹴鞠場上的氣氛依舊熱烈，可去病眼底深處的厭倦卻越來越重。

公孫賀攜衛君孺來看霍去病，說是順道而來，這個道卻順得真是不早不晚，就在丞相一位空缺，朝中各方勢力都盯著這個位置的情況下。

衛君孺一看到我，立即上前笑挽住我的手，問起我的身體狀況、日常起居，語氣含著嗔怪對去病道：「你穿得少是正常，可你看看玉兒穿的。天仍冷著，我這大氅都未脫，你怎麼也不提醒玉兒多穿幾件衣服？」一轉頭又笑對我道：「去病要敢欺負妳，妳來找我們，我們就是妳的娘家人。」

去病臉上冷淡，心裡卻一直很重親情。他雖然姓霍，其實卻在衛氏親戚中長大。我不被衛氏接納，一直是他心中暗藏的一個遺憾，此時看到衛家長姐如此待我，他臉上雖沒有變化，依舊淡淡和公孫賀說著話，眼中卻帶著欣悅，甚至享受著家族親戚間的熱鬧。

我心中暗嘆一聲，原本只是任由衛君孺握住的手，此時反握住了她，「有姨母幫我，去病自不敢再欺負我。我這幾日正在繡花，可總是繡不好，正好姨母來，煩勞姨母指點一二。」

公孫賀聞言，抬眼從我臉上掠過，大概感於我的知情識趣，眼中難得帶了兩分讚賞。

衛君孺笑瞅向去病，「外面有的是巧奪天工的繡娘，大漢朝的大司馬還要玉兒親自動手？是為去病繡東西嗎？那我可要看看。」

去病的眼光從我臉上掃過，雖在克制，可仍舊帶出了笑意，透著隱隱的得意。

衛君孺和公孫賀看到去病的表情，迅速地交換了一個眼神。我笑挽著衛君孺的胳膊，兩人一面談笑一面出屋去看繡活，留公孫賀和去病說話。

晚間，我已經有些迷糊時，去病忽地輕輕叫了聲「玉兒」，半晌卻再無下文。

我笑著在他肩頭輕咬了下，「怎麼還沒睡著？你想怎麼做都成。我雖然不想你捲進皇族奪嫡中，這是一盤以生死為賭注的棋局。但既然是你想做的事情，不管怎麼樣我都沒有意見。」

他一言未說，只是又把我往懷裡擁了下，緊緊地摟著我。

不過一會他的手不老實起來，我在他耳邊細語央求，「你心事去了，就來惹我！我正睏呢！你讓我好好睡覺……唔！」

他笑著吻住了我，把我的話全堵在唇舌間。

不知道是他看的那方面的書多，還是他出入宮中「見多識廣」，去病的調情手段一流，半晌後，我已被他撩撥得再無反對的聲音，全身滾燙酥軟，不自禁地如藤蔓纏樹一般，糾纏在他的身上……

第三十六章

死計

山谷越往此處越窄，兩側山崖陡直如削，群鹿奔騰的聲音宛如雷鳴，響徹深谷。霍去病竟然孤身一人立在群鹿間，腳邊不遠處，李敢胸口插著一箭，躺在幾頭死鹿身後，不知是死是活。

為了李蔡畏罪自盡後空出的丞相位，各方勢力都拚盡全力，一系列令人眼花繚亂的保薦推舉，紛紛擾擾地開始。

霍去病在整個事件中，保持著他一貫不理會朝中人事變遷的冷漠態度，自顧練兵、打獵、蹴鞠。只是蹴鞠場中太子劉據的身影頻頻出現，霍去病還帶著劉據出去遊玩打獵，表兄弟二人不顧宮廷規矩，不帶隨從，私自進入深山，一去就是三日，滿載獵物，盡興而回。

因為突然失去太子蹤跡三日，一貫溫和的衛皇后都氣怒，太子劉據在宮前長跪請罪。他沒有為自己求情，而是把責任全攬在自己身上，一意為去病開脫。衛皇后氣道：「你們兩兄弟都要受罰！」

反倒劉徹搖頭苦笑著說：「罷了，罷了！去病那膽大妄為的脾氣，妳又不是不知道。第一次打仗，就敢帶著八百人往匈奴腹地衝殺，他沒有領著據兒去西域逛一趟就算不錯了。」

霍去病不遵照規矩，隨興而為，對他而言的確並不希罕，希罕的是他和劉據的親厚。

秋天時，劉徹決定丞相之位由太子少傅莊青翟接掌。自李廣自盡後，朝中針對衛氏的鬥爭，以衛氏的一場大勝暫告一段落。

我和太子基本上沒有說過話，對他的印象停留在朝中傳聞和私語中，知道他和劉徹性格不像，更像衛青和衛子夫的性格。雖然貴為太子，卻對人謙恭有禮，體恤民間疾苦，很得深受劉徹窮兵黷武之苦的百姓，和提倡仁政的文人愛戴。

這次太子的表現卻讓我心中頗驚。去病的用意，他心中肯定明白，事前不拒絕，順水推舟地跟著私自離開長安，根據他以往循規蹈矩的品性，誰都知道肯定是去病的任意妄為。可他口口聲聲地只為去病辯駁求情，滿口全是自己的錯，讓出事後滿不在乎，依舊沉默冷淡的去病越發顯得錯處更大，而聽到的人卻都對他交口稱讚。

「去病，太子年紀不大，心思卻很深沉。」

去病淡然一笑，「他那個位置，心思深沉不是壞事。妳不要太責怪他，他若沒幾分心思，我們倒真該發愁了。」

話雖如此，可去病眼中還是閃過幾絲失望和難過。我心中滿是心疼和難受，盡心盡力地幫他們，他們卻總是不能完全相信你。一面要你為他們出力，一面卻又個個想彈壓打擊你在朝廷內的勢力和聲望。

我想引開他的不快，吐吐舌頭，噘著嘴道：「既然你心甘情願做冤大頭，我才不會多事呢！不過……」我湊到他身旁，挽起他的胳膊，「你也要帶我出去打獵。聽說皇上打算帶文武官員去甘泉宮打獵，你帶……」

他立即道：「不行！」

我搖著他的胳膊，一臉哀求。他一味走著，一眼都不看我地說：「我要去軍營了，等我回來再說。」

我才不理會他的緩兵之計，仍舊蹭在他身邊搖個不停。

他哄道：「玉兒，回頭我有空再帶妳去山裡好好玩幾日，何必跟他們一起去？說的是打獵，其實都是做些官場文章，妳又不能玩的盡興。」

我哼哼道：「有空？你這段日子哪裡來的空？要嘛是忙所謂的正事，要嘛是忙所謂的閒事，什麼射箭、蹴鞠、打獵，看著在玩，卻哪一件不是別有用心？累心耗力，我見你一面的時間都不多，還能指望你特意帶我出去玩？帶我去吧！帶我去吧！……」

一路行去，路上的丫頭僕人見我們姿態親暱，紛紛低著頭迴避。霍去病嘆道：「妳現在臉皮也是越來越厚了！」

我一直盯著他看，並未留意四周，被他一提醒，有些不好意思，嘴裡卻不甘示弱，「還不是拜霍大將軍所賜！反正更親密的動作他們都曾見過，我還怕什麼？帶我去吧！帶我去吧！……」又開始念咒。

他終於禁不住側頭看向我，本來還眼神堅定，一見我的表情，長嘆一聲，無奈地搖搖頭，「好了！別一臉委屈哀怨了，我帶妳去。」

我霎時笑顏如花，他本還是苦笑，看我笑了也開心地笑著，伸手在我臉頰上輕捏了下，「難怪孟九對妳百依百順，無法拒絕妳……」

我不知道自己的笑容是否一直如花，可他臉上的笑意卻是一滯，明白大意下失言，不該拿我和九爺的事情來開玩笑，立即把未出口的話都吞了回去。

他若無其事地笑道：「就送到這裡吧！」

我看已到府門口，遂點點頭。

目送他的身影消失後，我的臉終於垮了下來。虧欠九爺良多，他唯一想要的回報，我這一生是給不了他了，所能做的就是如他要求一般，盡力快樂地活著，幸福地活著，那麼他也會有些許欣慰。只是……

我抬頭仰望著碧藍的天，那白雲的上端真住著神嗎？那我求祢，真心實意地求祢，求祢讓九爺忘記我。只要他能快樂，我願意獨自背負著過往的甜蜜和痛苦，我願意被他徹底忘記！

直到坐上前往甘泉宮的馬車，霍去病對我非要跟著他去狩獵依舊不太理解。他知道我不喜歡和一堆皇親國戚待在一起，可這次狩獵偏偏是皇親國戚雲集。太子劉據、三個皇子、衛大將軍、公孫賀、公孫敖、李敢、李廣利、趙破奴……一堆的新舊顯貴和朝廷重臣。既然從皇帝皇子到將軍侯爺全在，那自然也免不了重兵護衛。

看似狩獵，實際卻很有可能成為一場風雲變幻的黨派相爭，不知道狩誰又獵誰的盛宴。我不想獨自待在長安焦急擔心地等候，我只想伴在他身邊。也許幫不上什麼忙，但至少不管發生什麼事情，我們都在一起。

劉徹看到我時，手點了點霍去病，搖頭而笑。霍去病看到劉徹身後的李妍也笑了起來，「臣這次又和皇上不約而同了。」

劉徹笑道：「不約而同的好。有你擋在前面，省得那幫傢伙囉哩囉嗦勸誡朕，搞得朕像沉迷美色就要誤國的昏君一樣。熟不知無情未必英雄，豪情時氣吞山河，柔情處繾綣纏綿，人生一世，活得暢快淋漓盡興，方是真豪傑。」

霍去病讚了聲「好」，隨手拿了懸掛在馬側的酒囊向劉徹一敬，就自顧飲了一大口，劉徹也拿起酒囊，大笑著喝了一口。他們兩人之間此時倒更像惺惺相惜的江湖英雄，而非君臣。

也難怪劉徹偏愛霍去病，他們兩個骨子裡有很多東西相似，都是豪情滿懷，都是膽大任情，也都有些不顧禮法，這讓劉徹欣賞霍去病；可另一面他倆又絕不相似，一個對權力熱衷，一個對權力淡漠，這一點讓劉徹更是倚重霍去病。

李妍的精神並不好，人倚在車中頗為慵懶的樣子。這段日子她應該過得很不好，再加上身體本就虛弱，內憂外患，免不了小病不斷。

看來劉徹是特意帶她出宮散心，他對李妍的確恩寵冠後宮，出來行獵遊玩，寧可不方便也只帶著風吹吹就倒的李妍。

甘泉宮因位於甘泉山而得名。山中林木鬱鬱，怪石嶙峋，飛泉流瀉，景色美不勝收。

去病自小跟著皇上和衛大將軍出入，對山中一切極為熟悉，路上他和我輕聲笑談，指著每一處景點說著來龍去脈。後來他索性帶著我從大隊中溜走，兩人棄馬沿著山徑，手牽著手攀援而上。

不知道其他人幾時到的甘泉宮，我和去病一路戲耍，天色黑透時才進入甘泉宮。

兩人依舊不肯走大路，專挑僻靜小路行走。層疊起伏的山石小道間，隱隱看到兩個人影。我和去病的眼力比一般人好，雖只就著月色，卻都已半看半猜出對方。

我看到的一瞬雖然驚訝，反應卻還平靜，但去病顯然十分震驚，立即頓住了腳步，眼中滿是不能相信。

這是一場真正的偶遇，還是一場製造的「偶遇」，不得而知。只見李敢屈膝低頭向李妍請安，李妍伸手示意他起身。起身的剎那，李敢居然拽住了李妍的指尖。

李妍大概也沒有想到李敢有此意外之舉，一臉驚訝，身子卻是輕輕一顫，雙眼中驀地隱隱有著

淚光。

一向聰明機變的李妍此時有如化成石塊，沒有抽手，只呆呆望著李敢。李敢抬頭看向她，兩人視線相對時，他好似霎時清醒，立即放開了手，匆匆退後幾步。

雖然只是短短一瞬，短得我都懷疑自己眼花；雖然只是三根手指的指尖，只怕李敢連李妍的手溫都未曾感受到，可那隱忍下的爆發，爆發時的極力克制，更是令人心驚。

不知道李妍是否原本有話想提醒李敢，眼下她只是一言不發，匆匆從李敢身側逃開。她的速度太快，我和霍去病還未來得及找地方躲藏，已被她看見。她定在當場，臉色慘白地望著我們。

李敢也發現了我們，下意識幾個箭步閃身擋在李妍身前，彷彿我們如洪水猛獸，要傷害李妍。可他又立即明白過來，現在的狀況比遇見洪水猛獸更可怕。

李敢雙眼內有冷光，手緊拽成拳頭。霍去病眼中震驚散去，把我往身邊拉了下護住我，帶著絲冷笑道：「李三哥打算殺人滅口嗎？」

李妍幾聲輕笑，從李敢身後走出。短短一會，她已面色如常，「我們的死活自然全不在驃騎將軍眼中，不過你的寶貝玉兒能否逃脫可不見得。」

李敢和霍去病都不明白她這番話的意思，我「哼」了一聲，「我不知道你們的反應怎麼這麼古怪。我和去病剛過來，就看到娘娘匆匆跑來。我們還未請安，李大人又衝了過來。」

李妍笑道：「本宮散步已久，已經累了，就先回去了。」

她說完就姍姍離去，我扭頭望著她的背影道：「我本就沒打算用這個做文章，否則不會等到今日。不是因為怕，而是因為憐憫。」

李妍腳步未變地消失在夜色中，可原本挺得筆直的背脊卻剎那有些彎，似乎不堪重負。

李敢冷冷地看了眼霍去病和我，一言未發地轉身離去。

霍去病嘴角微翹，似笑非笑地望著我。我舉手做了個投降的姿勢，陪著笑說：「我立即從頭道來。」

說是從頭道來，我卻只說出李敢撿起帕子，我把帕子交給李妍，以及當日李敢為何想射殺我的事情。至於為何先把帕子燒掉，後來又改變主意把帕子交給李妍的原因，我隻字未提。不是想隱瞞，而是不知道如何當著他的面去細述當年的心情，也不知道這種坦白會否傷害到他。

故事講完，我們已經回到住處。對事情前後，我態度變化的漏洞他一字未問，只斜斜倚在榻上面無表情，沉默地看著我卸妝。我幾次開口想轉到別的事情上，他卻都沒有接話。我沉默了下來，屋中異樣的安靜壓得人有些喘不過氣來。

我從鏡子中望著他，心裡越來越難受，咬了咬唇剛想說話，他忽地起身走到我身後，盤膝坐下，拿了梳子替我一下下梳著頭。

「去病，我……」

「不用解釋了。當日妳為孟九那麼做沒有錯，妳的性格本就如此，我喜歡的也就是這樣的妳。只能慶幸地說，我比孟九有福，以後擁有這些的人是我。」他把我擁到懷裡，輕聲說道。

正為他言語間的款款深情感動，看到鏡中他嘴角的笑意，眼中的促狹，我驀地反應過來，一下

掙開他，氣得回身打他，「你故意的！你故意裝生氣，裝介意，你故意嚇唬我！你這個小氣鬼！」

他哈哈大笑起來，姿態輕鬆地與我過了幾招，一手握住我的手，一手攬住我腰，兩人滾倒在地毯上，「妳當年可讓我吃了不少苦頭，我現在嚇唬嚇唬妳也不為過。」

他的大笑聲，我的嬌嗔聲，盈盈一室。

◈　◈　◈

連著兩日，我像一隻小尾巴一樣黏在霍去病身後，反正騎馬打獵我樣樣不比這些男人差，若真要比我才是捕獲獵物最多的人。不過現在不是我顯示自己狩獵天分的時候，我只要做到讓其餘男子不覺得我跟在去病身邊是個負累就好。

不過我有一個極不好的習慣，我總是忘記用弓箭。一看見獵物，就本能地選擇近身撲擊。去病為此差點笑彎腰，每次都要提醒我，「玉兒，妳有背後的弓箭可以用，不要老是像隻狼一樣張牙舞爪地撲上前去。」

看我側頭瞪他，他忙又笑著補道：「妳張牙舞爪的樣子很可愛，其實我是很喜歡看的。」

哼！看他笑得嘴歪歪的樣子，信他才有鬼！

隔著山頭，聽到遠處傳來呼叫聲：「一大群鹿！」

我聞聲立即鼓掌叫道：「鹿肉！」

霍去病縱身向前奔去，笑嘆道：「好個直奔主題，看為夫的手段，今晚讓妳吃個夠。」真的是一大群鹿，密密麻麻，恐怕有幾千隻奔騰在山谷間。頭上鋒利的角，在陽光下閃爍著令人戰慄的寒光。

我困惑地望著這群野鹿，鹿群並沒有大規模遷徙的習性，此地怎會有這麼多野鹿合群而行？一側頭，發現公孫敖站在霍去病身側，不知道他和霍去病說了什麼，去病的臉色透著青，顯然十分氣怒。

我向他們走去，公孫敖向我笑著點頭打了個招呼，指著鹿群對霍去病道：「大將軍一意把此事隱藏，就是不想多生事端，連我都是昨日無意聽到大將軍的近侍聊天才知道。將軍心中知道，留神戒備就好，現在還是好好玩樂。」

我問道：「怎麼了？」

去病舉弓對著山谷中的鹿群，「李敢打了舅父。」伴著話音，羽箭快速飛出，隔著這麼遠，霍去病射出的箭正中鹿頸。

「啊？他……」我不知道該說李敢什麼，他竟然如此衝動冒失，敢打衛青。

衛青在去病心中的地位十分特殊。他自小沒有父親，當時的衛青也還未有自己的孩子，去病第一次上馬是衛青抱上去的，第一次挽弓也是衛青把著他的手教的，去病聽到的第一個故事就是舅父征戰匈奴的故事，他的人生夢想也是在童年對舅父的景仰中立下。

雖然表面上看著去病和衛青在軍中各自為政，可衛青在他心中的地位卻是無人可替代。李敢如

此對衛青，比打罵去病更麻煩。

「妳不是想吃鹿肉嗎？再不快點，鹿就要跑光了。」霍去病領先向山谷飛躍而下，公孫敖陪著他急速掠向鹿群。

我看他極力克制著怒氣，不想多談這件事情，遂也放開此事，隨在他和公孫敖身後奔向山谷。對山谷地形熟悉的侍衛，彼此呼叫著指點主人路徑和哪個方位已被人占領，隨在我身後的侍衛劉大山，不小心在石頭上扭了下，雖然傷得不嚴重，可奔跑的速度卻明顯慢下來。他請我先走，我顧及此處雖還未近鹿群，可萬一野鹿奔過來卻很兇險，遂不敢丟下他，「不要緊，我們慢一點過去，不影響獵鹿。」

抬頭尋霍去病的身影，想讓他等我一下，卻不知何時他和公孫敖已消失在山石樹叢間。人未近山谷，忽聽到底下的驚呼聲，混在鹿蹄聲間，隱約可辨。我心中不安，只想著霍去病，再顧不上他人，匆匆對身側的侍衛道：「你留在這裡不要下來，我先走一步。」話未說完，人已急速離去。

在山石間飛掠而過時，我忽見一個穿得與我一模一樣的女子在林間一閃而逝，我內心十分詫異，一時卻顧不上多想，只急急向前。

山谷越往此處越窄，兩側山崖陡直如削，群鹿奔騰的聲音宛如雷鳴，響徹深谷。霍去病竟然孤身一人立在群鹿間，腳邊不遠處，李敢胸口插著一箭，躺在幾頭死鹿身後，不知是死是活。

霍去病一手三箭，箭箭快狠準，奔近他的鹿紛紛在他身前斃命，可後面的鹿依舊源源不絕，隻

隻不要命地向前衝，頭上鹿角鋒利如刃，隨時有可能插入霍去病身上。他順腳踢起腳邊的死鹿，壘在他和李敢身子兩側，作為暫時的屏障。

山谷外的侍衛狂呼大叫著，趙破奴他們幾次想衝進鹿群，可都被逼退，只能在外面射箭。

劉徹在侍衛的保護下出現，看到霍去病的狀況，對一眾侍衛怒叫道：「還不去救人？」

侍衛急急回稟道：「鹿太多，全都野性畢露，這裡的地形又極其不利，兩邊是懸崖，只中間一條窄道，我們很難衝進去，只怕要調動軍隊。」

劉徹立即驚醒，隨手解下身上的玉佩，遞給公孫賀，「傳朕旨意，調守甘泉宮的軍隊進來救人。」

被眾多侍衛護在中間的李妍，望著鹿群間的霍去病和李敢，臉色煞白，身子搖搖欲墜。

劉徹緊握著拳頭走來走去，焦急地等著軍隊來，一面怒問道：「究竟怎麼回事？李敢怎麼了？」

所有的侍衛都面面相覷，一個膽大的恭敬回道：「臣等不知道發生什麼事情，當時驃騎將軍和關內侯身邊都沒有侍衛隨行。」

與我們焦慮的神色相反，立在眾人身後的衛伉看向霍去病時，眼中似帶著隱隱笑意。

衛青的門客都紛紛背叛他而去，唯獨留下的任安自然極得衛氏諸人的重視，現在貴為太子少傅。他獨自一人立在角落處，陰沉著臉盯著遠處，時不時與衛伉交換一個眼神。

在遠處打獵的衛青此時才趕到，看到場中景象，又聽到侍衛的回話，一向沉穩如山的他臉色一

變，視線從公孫敖、任安與衛伉臉上掃過。公孫敖與任安都避開他的視線低下了頭，衛伉卻是憤憤不平地回視著父親。

我立在樹端，居高臨下地看著一切。去病箭筒中的箭越來越少，如果箭沒有了，去病該如何面對千百隻憤怒的鹿蹄和鋒利的鹿角？我身子不自禁地顫著，一顆心慌亂害怕得就要跳出胸膛。

一定要鎮靜，一定要鎮靜！金玉，如果妳要去病活，就一定要鎮靜！

連著說了幾遍後，我跳下樹，向趙破奴跑去。

去病身上的羽箭只剩最後三枝，眾人齊齊屏息凝氣地看著他，他瞟了眼地上的李敢，手發三箭的同時，身子急速向李敢躍去，拿了李敢身上的箭筒，又一個漂亮俐落地翻轉落回原地搭箭挽弓，又是三箭。眨眼間三鹿已倒，可有一頭鹿已衝到他身前，距離過近，箭力不及。

那頭鹿鋒利的角刺向他的腰，遠處的鹿又衝來。他右手四指夾著三箭，抬起右腳搭弓。左手抽刀，刀鋒準確地落在身前的鹿頸同時，三枝箭也快速飛出，穿透了三隻鹿的脖子。

電光石火間，霍去病的一連串動作兔起鶻落。生死一瞬，卻依舊透著灑脫不羈，英挺不凡，包括劉徹、衛青在內的所有人都忍不住大叫了一聲好。出自霍去病麾下的幾個將軍侯爺甚至揮舞著刀，彷彿在軍中一般，有節奏地呼喊：「驃騎將軍！驃騎將軍……」

我把趙破奴拽到一邊，「趙侯爺，麻煩你立即去追公孫賀，等他傳完聖旨，再設法和他一道回來。不用你做任何事情，只需要用你的眼睛看著他的一舉一動。」我沒有時間客氣解釋，只簡潔地要求。

趙破奴臉色先是一怔，繼而一變，擲地有聲地道：「末將一定辦到！」

他用的是軍中接到軍令的口氣，無形中用生命保證完成我的要求。我感激地點了下頭，他立即轉身離去。

我從幾個侍衛手中搶過箭筒，全部綁在身上，選了地勢孤絕處向上攀去，待覺得高度角度都合適時，我吊在一棵探出崖壁的松樹上，閉目了一瞬，長長狼嘯從喉間發出。

伴著狼吟，我鬆開手，身子若流星急速地墜向山谷。鹿群聽到狼嘯，隊勢突亂，急急地盡力避開我所處的方位。鹿的數量太多，谷中地勢又十分狹窄，彼此衝撞在一起，雖然慢了來勢，卻沒有地方可逃。

我拋出金珠絹帶勾在樹上減緩墜勢，又立即鬆開，重覆三次後，已接近地面。最後一次鬆開落下的同時，幾近不可能地在鹿群中尋找落腳點。

眾人全都屏息凝氣地盯著我，此時我人在半空，無處著力，腳下又都是奔騰的鹿。墜落的速度越來越快，似乎等待著我的唯一結果就是死亡。

金珠先我而去，三擊三中鹿頭，倒下的死鹿替我微微擋了下奔騰的鹿群。我趁機落在了死鹿的鹿角後，金珠掄圓，周密地護著全身，同時以狼嘯逼退一部分鹿群。

霍去病一聲大叫「金玉！」他這可不是什麼見到我歡喜的叫聲，而是暴怒震驚的斥責聲。

我向他一笑，一面隨著鹿群艱難地接近他，一面吼道：「顧好自己，我若發現你因分神而受傷，一定一年不和你說一句話。」

兩人之間的距離，往日以我們的身手不過幾個起落，今日卻走得萬分艱難，每一步都在成千上百個奔騰的鹿蹄與鋒利的鹿角間求生。當我越過他用鹿屍堆成的屏障，落在他身側時，我和他的眼中都有淚意。

不管下一刻發生什麼，不管今日能否脫困，至少我們在一起了。

我到的剎那，他正好射出最後一枝箭。我立即把身後的箭筒扔給他，去病接了箭筒挽弓搭箭，一連串動作快若閃電。望著轟然倒下的鹿，我剛才一直的冷靜突然散去，心急急跳著，幸虧到得及時，如果再晚一些，我不敢去想會發生什麼。

我的箭術不如他，所以把帶來的箭筒全都放在了他的腳邊。把死鹿拖著壘好「堡壘」，又趕緊去檢查他是否有傷著。

他一面搭箭，一面輕聲罵了句：「妳這個蠢女人！」

躺在地上不動的李敢咳了兩聲，斷斷續續地說：「這樣……的……蠢……是你的……福。」

我看霍去病身上雖有不少血跡，卻沒有受任何傷，遂轉身去看李敢。他箭中得很深，因為穿著黑衣，遠處看不出來，此時才發現大半個身子已經被鮮血浸透。

我把金創藥全部倒在他傷口上，他扯了扯唇角，艱難一笑，「這可是霍去病的箭法，不必……廢勁了。他雖沒有想要一箭斃命，可也沒有留情。早點救說不定能活下去，現在……不行了。」

我急急想止住他的血，「你一定要活下去，李妍正在外面，一副快要暈倒的樣子。你若真死了，她只怕真要再大病一場。」

李敢臉上表情變幻不定，這一生的哀愁痛苦及欣悅都在剎那間流轉。

「去病，你……為什麼？」此時此地，我不好說他糊塗，可他此事真做得糊塗。他要李敢死，這沒什麼，可他不該用這麼蠢的方法。李敢是大漢朝的堂堂侯爺，家族世代效力朝廷，他如此射殺李敢，按照漢律也是死罪。

霍去病一聲不吭盯著前方的鹿群，「嗖嗖」幾聲，幾頭鹿又應聲倒地。

李敢低低道：「妳不必生氣，我們都被人設計了。我這幾日心中不快，所以命侍從都走開，隻身一人專揀偏僻處打獵，到此處時一個女子突然出現，莫名其妙地就和我打在一起，招招狠辣，逼得我也不得不下殺手，看到妳今日的裝扮，我才明白……」他咳嗽起來，話語中斷。

我一面替他順氣，一面道：「我明白了。我剛才隱約看到一個女子打扮得和我一模一樣，鹿群奔跑的混亂本就讓人心煩意亂，血氣湧動，殺意萌生。何況去病事先已被公孫敖激起怒氣，他在遠處只看到身影，再加上你以前就想過殺我，那晚我們撞破你和李妍時，你又動了殺意，所以去病急怒之下就射了你。」

李敢笑了起來，嘴角的血向外淌，「公孫敖和你說我打了衛大將軍？」

霍去病沉默地沒有回答他，李敢自顧說道：「當日聽聞父親自盡，我一時傷心，就去找衛大將軍想問個清楚明白，他為何不肯讓父親帶兵正面迎敵。父親又不是第一次迷路，為什麼偏偏這次會自盡？他的侍從攔著不讓見，嘴裡不乾不淨地說著話，全都是些侮辱父親的言詞。我一怒之下就大打出手，恰好衛大將軍出來，想喝止我，我氣怒下順手推了他，但立即就被侍衛拉開了。衛大將軍問我為何打人，我能怎麼說，難道要把他們侮辱父親的言詞重覆一遍？何況當時正氣急攻心，覺得都是一幫小人敗類，懶得多說。沒想到惡人先告狀，那兩個侍從一番言語，就變成了我主動生事。」

我哼了一聲，冷聲道：「這已經是半年前的事了，公孫敖早不說，晚不說，偏偏今日就說了出來。」

李敢猛地劇烈咳嗽起來，嘴裡的血不停湧出，拽著我的手道：「金玉姑娘，求妳……求妳……」

一個生命正在我眼前消逝，看到他眼中的不捨和痛苦，我突然覺得過往一切恩怨都沒什麼可計較的，猶豫了下道：「我不可能沒有底限，但我答應你一定盡力忍耐李妍，也會勸去病不要傷及她的性命。」

李敢大喘了幾下，眼中滿是感激，臉色雖然慘白得可怕，但神情卻很平靜。看到他的平靜，我本來的幾分猶豫散去，一點都不後悔做出這個承諾。

他闔上雙眼，嘴角帶著一絲笑意，右手食指緩緩移動，手簌簌顫抖著，卻仍然掙扎著想做完一件事情。抖了一會終於停了下來，一動也不動。嘴邊那絲笑凝固在殷紅血色中，透著說不盡的淒涼悲傷。

我輕輕抬起他的手，一個用鮮血畫出的藤蔓，浸透在袖邊，雖然沒有寫完，可我因為對這個字太熟悉，明白那是一個藤纏蔓糾的「李」字。

我不是一個多愁善感的人，可看到這個「李」字，想起初見他時大碗喝酒、大塊吃肉豪氣衝天的場景，心裡也酸楚起來。我本想立即用刀把袖片劃碎，一轉念又把袖片細心割下，藏入懷中。

遠處趙破奴、復陸支、伊即軒率領著全副武裝的軍士隔開鹿群，向我們衝來的野鹿數量銳減，我們的箭也恰好用完。霍去病隨手扔了弓，用刀砍開衝撞過來的鹿，

「他死了。」我走到霍去病身側，揮舞金珠打死了幾頭欲從側面衝過來的鹿。

「李敢的話已經死無對證，不過還有很多蛛絲馬跡可尋。鹿群很有問題，我雖然不知道他們用什麼法子讓這些鹿匯聚到此處，但給我點時間，一定可以查清楚。」

霍去病握住我的手，眼睛看著逐漸接近的趙破奴等人，「我要妳把李敢剛才說的話全部忘記。」

他的手冰冷，我的手也變得冰冷。

我眼中湧出淚水，緊咬著唇把眼淚逼回去，「好！」

趙破奴奔到我們身前，單膝向霍去病跪下，臉卻是朝著我，「末將幸不辱命！」可一看到血泊中的李敢，趙破奴臉色瞬間大變。復陸支、伊即軒性格粗豪，沒什麼避諱地緊張追問：「關內侯死了嗎？」

霍去病淡淡吩咐：「把李敢的屍身帶上。」說完不再理會眾人，當先而行。

趙破奴向我磕頭，「如果末將再快點，也許關內侯可以活著。」我搖了下頭，沉默地遠遠隨在霍去病身後。

劉徹見到霍去病的一瞬先是大喜，卻立即斂去。

復陸支把李敢的屍身擱在地上，李妍一聲未吭地就昏厥過去，隨行的宮人太醫立即護送她回甘泉宮。

劉徹的眼光在李敢屍身上掃了一圈，冰冷地盯向霍去病，一面揮了下手，原本守在周圍的侍衛和官階低的人都迅速退遠。有侍衛想請我離開，我身子沒動地靜靜看著他，一向沉默少言的衛青突然道：「讓她留下吧！」侍衛猶豫了下便離去，不一會場中只剩衛青、公孫敖、公孫賀等位高權重的人。

劉徹冷冷地說：「你給朕個理由。射殺朝廷重臣，死罪！」霍去病上前幾步，跪在劉徹面前，卻一句話都不說。

劉徹的面色漸漸發青，公孫敖匆匆跪下，哭泣道：「臣死罪！關內侯當日毆打衛大將軍，衛大將軍顧念關內侯因為父親新喪，悲痛欲絕下，行為失當，所以並未追究。可臣今日一時失口，竟然把此事一五一十全部告訴了驃騎將軍。」

劉徹氣得一腳踢在公孫敖身上，「去病的脾氣你就一點不知嗎？」

公孫敖在地上打了個滾，又立即翻身跪好，顧不上身上的傷，只磕頭不止，口中頻頻道：「臣死罪，臣死罪……」

不一會工夫，公孫敖已是血流滿面。衛青眼中神色複雜，最終還是不忍占了上風。當年公孫敖對他的救命之恩，他真的感念一生。他跪在劉徹面前磕頭道：「一個是臣的外甥，一個是臣的下屬，李敢之死，臣也應該負責，求皇上將臣一併懲罰。」

劉徹沒有理會衛青，只怒指著霍去病罵：「看你帶兵行事比年少時沉穩不少，還以為你有了妻兒，知道收斂了，今日卻又做出這種事情。你給朕老實說，李敢究竟還做了什麼？」

霍去病的身子挺得筆直，背脊緊繃，可他的心卻在冰寒中。他用表面的強悍掩藏著內心的傷痛，他從小視作親人的衛氏家族還是對他出手了。

劉徹肯定也感覺到事情有疑，在言語中替他找藉口和理由，希望把責任推給李敢。可霍去病怎麼可能往一個不會替自己辯解的死者身上潑污水求得開脫？他更不可能說出實情，讓衛青陷入困境。劉徹一直尋找機會打壓衛青，但衛青行事從無差錯，此事一出，不管衛青是否知道，劉徹都不會放棄這個良機。

劉徹等了半晌，霍去病卻依舊一句話不說。劉徹怒道：「你是認為朕不會殺你嗎？」他驀地指著我道：「金玉，妳過來！」

我上前靜靜跪在霍去病身側，他一直紋絲不動的身影輕輕顫了下，卻依舊低垂目光看著地面，一言不發。

劉徹道：「今日見了金玉舉動，朕雖然不喜金玉，但也不得不讚一聲，這個女子擔得起你為她

所做的一切，你打算讓她做寡婦嗎？」

霍去病垂放在身子兩側的手緊緊拽成拳，青筋直跳，手指過處，地上碎石被無意攏入掌中，指縫間鮮紅的血絲滲出。劉徹冷著聲緩緩問：「或者讓金玉陪你一起死？」

我握住霍去病的手，用力把他拽成拳的手指掰開，掃去他掌中的石礫然後拭淨，自顧道：「另一隻手。」他愣了下，把另一隻手遞來，我把砂石輕輕掃淨後，拿帕子把血拭去，淡淡道：「好了。」說完握住他的手。

他雖沒有推開我，卻若木頭般沒有半點反應。我固執地握著不放，眼睛一瞬不瞬地痴痴盯著他。好一會後，他終於側頭看向我，我向他一笑，他眼中光華流轉，歉疚溫暖都在其間，原本的傷痛冰寒褪去幾分，緩緩反握住了我的手。

我們兩人旁若無人，眾人也都表情呆愣。劉徹忽地連連冷笑起來，「金玉，朕若問妳是否想死，恐怕是多此一舉了。」

「民女隨驃騎將軍一起。」

我恭敬地磕了個頭，心中對劉徹滿是感激。不管他是因為惜才還是感覺事有蹊蹺，但他一直在給霍去病機會，甚至想用我的生命威脅撬開霍去病的嘴。

劉徹沉默地在原地走來走去，一面是大漢律法和後世千載的名聲，一面是霍去病的性命，就是一貫被人稱讚睿智的大漢皇帝也頭疼萬分。良久後，他臉色疲憊地問道：「聽聞今日還有侍衛不小心被鹿撞死？」

一旁的侍衛首領立即回道：「是，共有八個侍衛被鹿撞死，張景、劉大山……」

劉大山？我從衛伉、公孫敖、任安臉上掃過，漫不經心地想，他們做得倒也算周密。

劉徹聽完後，點了下頭，抬頭望著天，近乎自言自語地說：「李敢身陷鹿群，不慎被鹿撞倒後身亡，厚葬！」

眾人愣愣，趙破奴等人率先跪下，「皇上萬歲！」

在場大部分人也紛紛反應過來，跟著高呼「皇上萬歲」，也有憤怒不滿，恨盯著霍去病的人，但都在劉徹冷厲的視線下低了頭，隨著他人跪下。

自霍去病要我忘記李敢所說的話起，我一直很平靜地等著一個宣判，此時卻心情激蕩，第一次真心誠意地給劉徹磕頭，真心誠意地呼道：「皇上萬歲！」

劉徹望了一眼彎身磕頭的霍去病，眼中仍滿是怒意，摔袖就走，「哼！萬歲？真希望朕萬歲，就給朕少惹點事情出來。」

第三十七章 謫官

劉徹當時審問去病，只有少數人在場，
事後也封鎖了消息，為什麼最後變成朝野人盡皆知？
為什麼有那麼多人突然膽子大到敢一再彈劾霍去病？
現今朝中究竟哪股勢力能在皇上明顯袒護霍去病的情況下，
還能針對霍去病掀起巨浪？

一場為了遊樂散心的狩獵卻在慘澹中收場。關內侯郎中令李敢遭鹿撞身死，李夫人因為驚嚇過度病倒在榻。劉徹再無遊興，率領文武官員從甘泉宮匆匆返回長安。

霍去病變得異常沉默，常常整日一句話都不說。

血緣親情，對我是極奢侈的一件東西，他自小擁有，可在權力和皇位前卻不堪一擊。

我不知道該如何開解他，只能安靜地隨在他身側，當他轉身或抬眸時能看到我，知道自己並不是孤身一人。

元狩六年的春天，無聲無息地降臨長安。待驚覺時，已是桃紅柳綠，春意爛漫。

我和霍去病並肩在桃林中漫步，他隨手掐了一朵桃花插在我的鬢間，嘴貼在我耳邊問：「妳想去看兒子嗎？」

我怔了下，不敢相信地問：「不是宮裡的？」

他輕輕「嗯」了一聲。

此事一旦洩漏，不僅僅關係到我們的生死，還會拖累九爺他們，所以我和霍去病一直很有默契地絕口不提。可是怎麼可能不想呢？只是不敢去想。我回身摟住去病的腰，臉伏在他的胸膛上，「想。」

他笑擰了下我的鼻子，「看看！八字還沒有一撇的事情，妳就不惜在大庭廣眾下主動投懷送抱，放心吧！不用妳色相勾引，我也一定盡力。」

我又羞又惱，一掌推開他轉身就走，他在身後大笑起來。我臉上佯怒，心裡卻透著喜，他又變回本來的霍去病了。

用過晚飯後，去病叫了霍光去書房，兩人在房內談了許久。出來後，霍光的眼中多了幾分剛毅，好似一會的工夫就長大了幾歲。

「你勸光弟離開長安回家嗎？」

「沒有。每個男兒都有一條自己認定的路，都有自己想成就的夢想，他的人生他自己作主。我只是和他講清楚如今長安的形勢，告訴他也許以後我不但保護不了他，反而他會因為我，而生出很

多麻煩和危機。」

想著剛才霍光的神色，我已經明白霍光的決定，「光弟仍舊決定留在長安？」去病笑著點點頭，神情中含著幾分讚許。

◈ ◈ ◈

三月間，桃花開得最爛漫時，朝中爭鬥比最火紅的桃花還熱鬧激烈。

李敢的葬禮，霍去病沒有出現，反倒衛青、公孫敖等人前去致哀。

平陽公主出面替李敢的兩個女兒說親事，劉徹也許對李敢有歉疚，也許出於進一步分化衛青和霍去病的用意，他同意替太子劉據訂了親，將李敢兩個年紀還小的女兒選為太子的妃子。

雖然李氏家族有能力的壯年男丁盡去，只剩一門寡婦弱女幼兒，一派大廈將傾的慘澹景象。但從秦朝時，李家就頻出大將，在朝中和民間的人心仍在。

李敢的侄子李陵，年紀雖不大，可已經表露出頗高的軍事天賦，甚得劉徹欣賞。劉徹提過幾次，待他稍大些就要封他做天子侍中。霍去病十八歲受封天子侍中，李陵也隱隱有成為一代大將的可能。

衛氏此舉不但博取了朝野讚譽，把支持同情李氏的人心暗暗拉向太子，而且立即把霍去病射殺李敢的事情和衛氏劃分得一清二楚。

李敢被霍去病射殺的消息不脛而走，朝廷內同情李氏家族遭遇的人越來越多，以前眾人一心排斥衛青為首的衛氏，此時有了對比，才個個覺得行事謙恭有禮的衛青還不錯，對衛氏不惜得罪霍去病，維護李家老幼的做法更是讚賞，矛頭開始隱隱指向了霍去病。

雖然有劉徹的重壓，但是依然擋不住各種彈劾奏章，甚至眾官哭求皇上不可罔顧國家律法。劉徹無奈下，決定貶霍去病去朔方守城，遠離長安，避避風頭。

劉徹當時審問去病，只有少數人在場，事後也封鎖了消息，為什麼最後變成朝野人盡皆知？為什麼有那麼多人突然膽子大到敢一再彈劾霍去病？現今朝中究竟哪股勢力能在皇上明顯袒護霍去病的情況下，還能針對霍去病掀起巨浪？

霍去病對朝廷內的風浪湧動視若不見，繼續我行我素，甚至還暗自鼓勵著彈劾他的人。原本他可以設法阻止這場波瀾，可他只是淡淡看著這場倒霍的風波越演越烈。

臨去朔方前，霍去病第一次違背他一貫的行事，主動參與朝廷政治，而且一出手就驚人，他請求皇上冊封以劉髆為首的三位皇子為藩王。

「大司馬臣去病昧死再拜上疏皇帝陛下：陛下過聽，使臣去病待罪行間。宜專邊塞之思慮，暴骸中野無以報，乃敢惟他議以幹用事者，誠見陛下憂勞天下，哀憐百姓以自忘，虧膳貶樂，損郎員。皇子賴天，能勝衣趨拜，至今無號位師傅官。陛下恭讓不恤，群臣私望，不敢越職而言。臣竊不勝犬馬心，昧死原陛下詔有司，因盛夏吉時定皇子位。唯陛下幸察。臣去病昧死再拜以聞皇帝陛下。」

去病把寫好的奏章遞給我，我細讀了一遍又遞回給他，「很好呢！十分待罪，十分謙恭的樣子。不過真要謙恭，就不該寫這樣的奏章了，不知道皇上會怎麼想？」去病一笑，收起了奏章，並未多言。

皇子一旦被冊封為藩王，就要離開長安前往封地。名義上好似有自己的屬地，其實卻是徹底杜絕他們在長安和太子一較長短的心。

霍去病釜底抽薪的舉動，如一石激起千層浪，滿朝上下爭議不休。保太子和倒太子兩派人馬的鬥爭白熱化，就是以往自認為可以暫時置身事外的臣子，此時也不得不考慮該何去何從。

然而劉徹對霍去病的請求沒有給予任何回應，朝中僵持不下。幾日後，丞相莊青翟、御史大夫張湯、太常趙充、大行令李息及太子少傅任安，聯名上奏章，冒死進言支持大司馬霍去病，劉徹仍舊沒有回應。

之後莊青翟、張湯、公孫賀等朝廷重臣再冒死請命，一連四次，說的是冒死，卻人數一次比一次多，隱隱然有百官逼求的架式。

反對的聲浪漸被壓制，到最後近乎無聲，可劉徹仍然沒有給予回應。

請立皇子的事情是由霍去病開的頭，可之後他卻再沒有任何舉動，只是淡淡看著朝堂內的風雲。到了此時，看著事情已經朝成功的方向發展，他眉宇間反帶上了憂色，「舅父怎麼會讓這樣的事情一再發生？唉！大概他現在也壓制不住這麼多急功近利的人了。皇上現在春秋正盛，這樣子做，即使皇上答應了，也會讓皇上越發忌憚衛氏外戚和太子的勢力。」

我道：「衛氏是皇上一手扶植起來的勢力，以皇上的才略如今都有些控制不住，衛大將軍壓不住衛氏也很正常。皇后、平陽公主、長公主、太子、將軍、侯爺，多少人的利益和欲望在裡面？勢力漸大，內部只怕也紛爭不少，看看當年的呂氏、竇氏，王氏，衛大將軍能壓制到今日局面已經很不容易。」

去病苦笑起來，「是啊！每個人都有自己的私心和欲望，我不就是一個例子？明知道皇上對日益坐大的太子勢力有了提防，不想讓它發展太快，更想用其他皇子來牽制太子，可我還是給皇上出了這個難題。」

朝野都在等著一個結果，此事已經是開了弓的箭，如果劉徹不同意，那未來朝中變動是十分可怕的。我猜想長安城內，此時的皇親貴胄沒幾個人能睡安穩，歌舞坊和娼妓館生意的反常興旺就是一個明證。

這種關頭，李夫人突然要召見我。事出意外，我琢磨著她究竟什麼意思。霍去病把詔書扔到一旁，淡淡道：「沒什麼好想的，託病拒絕。」

我想了會道：「聽說她一直病著，我想去見她一面。何況聽聽她說什麼，也算了解敵方動向。」

去病肯定覺得我多此一舉，但不願駁了我的意思，笑道：「隨妳，正好我也想去拜見皇后娘娘，那就一同進宮吧！」

人還未到，就聞到濃重的藥味。紗簾內，李妍低聲吩咐侍女：「命金玉進來。」侍女眼中頗有詫異，掀簾讓我入內。李妍面色慘白，臉頰卻異樣的豔紅。我雖不懂醫術，也覺得她病得不輕。她笑指了指榻側，「妳坐近點，我說話不費力。」

她的笑容不同於往日，倒有些像我們初識時，平靜親切，沒有太多的距離和提防。

我依言坐到她身旁，她笑看了會我，「妳看著還是那麼美麗健康，仍然在盛放，而我已經要凋零了。」

「不要說這些喪氣話，宮裡有的是良醫，妳放寬心思，一定能養好身體。」

她淺淺笑著，「自己的身體，我心裡比誰都明白，我的日子不多了。步步為營，爭來爭去，失比得多。金玉，妳還恨我嗎？」

往日一幕幕從腦海中滑過，那個輕紗覆面，眼波流轉的少女；那個容顏傾國，愁思滿腹的少女；那個教我吹笛，燈下嬉笑的少女……

我搖搖頭，「我不想恨。這幾年我發現一個道理，仇恨這種東西在毀滅對方前，往往先毀滅的是自己。我願意遺忘，願意把生命中快樂的事情記住，願意把不愉快都拋在身後，繼續向前走。人這一生，不過短短數十年，即使趕著走，都只怕會有很多好看的、好玩的沒有時間見識，有恨的力氣，不如用來珍惜已經擁有的幸福。」

李妍側頭咳嗽，我忙拿帕子給她，等她把帕子扔到一旁時，上面已滿是血跡。

我心中黯然，她卻毫不在意地一笑，「金玉，妳是運氣好，所以可以如此說。人生中有些仇恨是不能遺忘的。我比一個極端的例子，如果有人傷了霍去病，妳能原諒嗎？妳能遺忘嗎？妳會善罷甘休嗎？只怕是拚了自己的性命也要報仇。」

她未等我回答就擺擺手，「事情到此，我們之間沒什麼可爭的。今日請妳來，只想求妳一件事情和問妳一件事情。」

「請講。在我的能力範圍內，我會盡力。」

「金玉，我已心死，什麼都不在乎了，可我放不下因為我的私念被帶入紛爭的親人。我倒不擔心髆兒，只要我求皇上答應霍去病冊封藩王的要求，髆兒遠離長安，自然就躲開了一切。可哥哥們卻躲不開，特別是二哥，他對權力的欲望越來越大。」

「我懂妳的意思，可妳應該明白此事取決於李廣利，如果他行事不知收斂，遲早還是會出事。至於去病，妳不用擔心，我想……我想一旦皇上准了冊封藩王的要求，這大概是去病為太子和衛氏做的最後一件事情。」

去病自小到大的優越生活，和年紀輕輕就得到皇上重用，這些都和衛氏分不開關係。只要他心中認定的恩怨已清，此後衛氏是衛氏，他是他。

李妍顯然不明白我話中的意思，困惑地說：「最後一件？」

看我沒有解釋的意思，她笑了一下，沒再多問。「我會對二哥再極力約束和警告一番，至於他

能否遵照，我也沒有辦法了。皇上念著我，應會對他比對他人多一些寬容。人事我已盡，剩下的只能聽天由命了。」

李妍靜靜看著熏爐上的渺渺青煙，半晌沒有說話，我也沒有吭聲，默默等著她要問的事情。

「李……李敢他臨去前說了什麼嗎？」

這就是李妍臨去前未了的兩樁心願之一，李敢泉下有知，也可以瞑目了。我暗嘆一聲，從懷中掏出那截血袖，遞給李妍。

李妍怔怔看著袖子，眼中慢慢浮起霧氣，眼淚一顆又一顆宛如斷線珍珠般滴落在袖上。她驀地咬破食指，用自己的鮮血把那個未寫完的藤蔓「李」字一點點續寫完。一個血色已經發黑，一個依舊鮮紅，明暗對比，互不交融，卻又互相映襯，彷彿他們此生的有緣無份，糾糾纏纏。她捧著袖子又看了一會，遞回給我，「此生再麻煩妳最後一件事情，幫我把它在李敢墳前燒掉。」我點點頭。

她笑握住我的手，我回握住她。她朝我一笑，明媚如花，好似我們多年前初見，她摘下面紗時那個令日月黯淡的笑容，「妳回去吧！我會求皇上把嬗兒還給你們，但霍將軍如今的位置……皇上不見得會准，只望妳不要怨恨我。如果真有一日，大漢兵臨樓蘭城下，還求妳念在我們初相識時的情分上，求霍將軍眷顧幾分無辜百姓，約束手下士兵，不要兵戈加於他們。」

我替她理了理鬢邊亂髮，扶著她躺回枕上，「妳的病都是因心而起，不要再操心了。如果真有那麼一日，我定會盡力。不要忘記了，西域也算我半個故鄉。」

她閉上了眼睛，聲音細小，好似自言自語，「我好累，好累，就要可以休息了，娘親見到我，應該不會責備我吧？我已經盡力了，不知道她有沒有見到父親。我想聽孔雀河畔的牧歌，價值萬金的瓊瑤佳釀怎麼比得上孔雀河的一掬清水好喝？其實我喜歡的不過是夜晚圍著篝火唱歌跳舞，白日與所愛之人驅趕牛羊尋找草場，我寧願生了一堆孩子後腰身粗壯，寧願雙手因為搓羊絨而粗糙乾裂……」

我輕輕起身，向外行去。

侍女都被摒退，此時寬敞幽暗的宮殿內只有李妍躺在紗簾間，她這一生一直都是孤獨的。我以前一直很想問她，可後悔過選擇進宮，直到今日恩怨全消，我只希望她能平靜地離去。對她而言，她真的盡人事了。樓蘭的兒女若都如她，劉徹想要征服西域，只怕即使勝利，也會讓大漢耗盡國庫，死傷慘重。

勝，百姓苦；敗，百姓苦。勝敗之間，家破人亡，妻離子散的永遠只是無辜百姓。

我通知守在外面的侍女進去，正要離開，李妍的貼身侍女卻攔住了我，「金姑娘，麻煩妳勸一下娘娘，讓她見見皇上。」

我一臉詫異不解，她解釋道：「娘娘自病重後，就不肯再見皇上。皇上每次來，她頂多隔著紗簾和皇上說幾句話。皇上如今是一肚子氣，幾次想硬闖進去，又擔心娘娘的身體再禁不得氣。」

我默默思量了會，側頭望著身後的宮殿。李妍，妳是想用這種方式把自己深深地刻劃在劉徹心中嗎？擁有天下的帝王有什麼是得不到的？可他即將失去妳，在妳最美時，在他渴望著再見妳一面

時，卻無法如願。

「恕我無能為力。」我向侍女欠身一禮，匆匆離去。

◈ ◈ ◈

馬車內，去病看我一直沉默，也不打擾我，由著我默默發呆。半晌後，我沒頭沒腦地說：「皇上就要答應冊封藩王的事情了。」

去病眉毛微挑，「李夫人會這麼輕易放棄？」又立即反應過來，「她的身體真不行了？」

「嗯，她本來身體就弱，現在已是心力憔悴，她為了兒子的安全，會在臨去前求皇上答應冊封皇子的。朝內支持太子一方的臣子頻頻請命，李妍如果再以遺願相求皇上，皇上肯定會答應了。」

霍去病沒有高興，反倒長嘆一聲，伸手拉我入懷。

我緊緊抱住了他，忽然想起剛才沒有回答李妍的那個問題，我想李妍根本不要我回答，因為她明確知道我真正的答案，手上不禁又加了把力氣，「去病！」

「嗯？」

「你要永遠和我在一起！」

霍去病的胳膊上也加了把力氣，一字千鈞重，「好！」

桃花謝，隨風舞，一地落紅，千點愁緒，傾國傾城的一代佳人也如落花，芳魂散風中。

李妍彌留的最後一日，皇上終於答應冊封皇子，李妍含笑而終。

李妍留下了關於她的美貌的無數傳說，留下了劉徹的無限思念，留下了一個貧賤女子成為皇上最寵愛女人的傳奇故事，可她背後的辛酸掙扎都了無痕跡地湮沒在塵世間。而我，這個唯一知道她祕密的人，會讓一切永遠塵封在心底深處。

◈ ◈ ◈

霍去病帶我離開長安，踏上了去朔方的路途。臨去前，他請求帶嬗兒同行，皇上以嬗兒身體不好，朔方苦寒，宮中有良醫方便照顧，拒絕了他的請求。

去病沒有多談其他事情，趙破奴卻告訴我，衛伉不知道存了什麼心思，向皇上請求隨行。皇上不知道出於什麼考慮，在明知衛伉和去病不和的情況下，准了衛伉的請求。

我顧不上想這些不快的事情，只惦記著我終於要離開長安，去見一出生就離我而去的兒子。興奮過後我又隱隱神傷，見到兒子的同時也意味著要再見九爺，將近一年未見，他現在可好？

說是守城，可朔方乃當年衛青從匈奴手中奪回，經過衛大將軍多年治理，已經固若金湯，再加上現在匈奴遠遁漠北，根本沒什麼可守的。所以一路西行，霍去病走得很隨意，遇見我喜歡的景致，常常索性停下，讓我玩夠再走。其實我心裡很急迫，可越是急迫反而越要壓住，唯恐露出異樣，引得他人疑心。

衛伉繼承了衛青治軍嚴謹的作風，卻沒有衛青的謙和忍讓，他身上更多的是豪門貴胄的傲慢。他對霍去病帶兵如此隨意，十分不滿，每次霍去病說多停一、二日再走，他都表示反對。

霍去病對他的話全部當作耳邊風，一點都不理會。衛伉的臉色越來越難看，知道任何反對意見都是無效，索性不再自找沒趣，閉上了嘴。只是背人處，他盯著霍去病的眼神越發陰沉狠厲。

走走停停玩玩，終於到了朔方。霍去病安置妥當後，又帶著我開始四處遊玩。

朔方城中多是衛大將軍的舊部，衛伉到了此處，氣焰很是囂張，不過因為無兵戈之擾，一派清閒下，他和霍去病也沒什麼可以起衝突的地方。

沙漠中晝夜溫差大，白天雖然熱得要把人烤焦，太陽一落山，卻立即涼快起來。我和去病常常騎著快馬在沙漠中遊蕩整夜，有時候想就這樣待在朔方，遠離長安，也是很好，可我知道那是不可能的。

衛氏勢力隨著太子年紀漸長，日漸坐大，去病是唯一能牽制衛青在軍中勢力的人，皇上不會輕易放棄他。而皇上的不放棄，卻會讓去病身陷險地，而且是太子的勢力越大，他的危險越大。

霍去病帶著我故地重遊，隔著老遠就看到了鳴沙山。恰是十五，天邊一輪圓月，掛在山頂，清輝灑滿大漠。我心中一下振奮起來，仰天大叫了一聲，立即跳下了馬，笑著跑向泉邊。在長安城，我永遠不可能如此，而這一刻我才真正感覺到，我離開長安了。

霍去病看我不同於路途上的高興，而是從心裡自然而然發出的喜悅，他也大聲笑起來。兩人在泉邊欣賞著圓月、銀沙、碧水。

「玉兒，知道我這一生最後悔什麼事嗎？」

我脫去鞋子，將腳浸進泉水中，凝神想了會，「錯過了正面和伊稚斜交鋒，由衛青大將軍打敗了匈奴單于的主力。」

他也脫了鞋襪，把腳泡到泉中，「戰爭的勝利不是靠一個人的勇猛，而是眾多人的勇猛和協同配合，舅父迎戰單于，我迎戰左賢王，誰打敗單于不重要，重要的是配合得到了勝利。」

「李敢的死？」

他搖搖頭，「雖然我不出手，他也逃不過一死。但大丈夫為人，立身天下，庶幾無愧？做了就是做了，雖有遺憾，但沒什麼可後悔的。」

我潑著水玩，笑道：「都不是，不猜了。」

他沉默了一瞬，望著水面道：「我最後悔的事，就是當年妳在月牙泉邊離去時，我明知道妳會來長安，卻沒有告訴妳我的身分。」

我正低頭玩水，聽到他的話，臉上笑容一僵，手仍舊潑著水，心卻沒有了起先的歡快。其實在這泉邊，我真正第一個認識，第一個告別的人，並不是他。

兩人說話的聲音突然消失，我手中的水聲成了大漠中唯一的聲音，夜色中流轉著一片令人尷尬的沉默。

霍去病用腳來撓我的腳心，我怕癢，忙著躲，他卻腳法靈活，我怎麼躲都沒有躲開。幾次交鋒後，尷尬在不知不覺中被驅走，我笑道：「你再欺負我，我可要反擊了。」話說著，已經掬起一捧

水潑到他臉上。

他用手點點我，嘴角一勾，笑得一臉邪氣，腳上用力，猛地一打水，嘩啦一聲，我和他已經全身濕透。

我嚷道：「全身都濕了，怎麼回去？會沾滿沙子的。」

他笑著跳進了泉水中，「既然濕都濕了，索性就不回去了，我們就在這裡過夜，待明日太陽出來，把衣服曬乾後再回去。」他一面脫下外袍，順手扔到岸邊，一面還對我擠了下眼睛。

我氣結，指著他，「你早有預謀。」

他嘻笑著來拉我，「這麼好的地方，不好好利用一下，豈不可惜？」

我板著臉，不肯順他的意跳入水中。他卻毫不在乎地滿面笑意，一手拉著我，一手去撓我的腳心。我躲了一會躲不開，實在禁不住他鬧，無可奈何地順著他的力道跳下了水。

他拖著我向泉中央游去，我忽地對他做了個禁聲的手勢。他納悶地停下，側耳細聽。的確是笛音，從很遠處飄來，聲音漸大，似乎吹笛人正急速向月牙泉行來。不一會，霍去病也聽到了聲音，氣惱地嘀咕道：「西域也出瘋子，還是深夜不好好在家中睡覺，卻在大漠中瞎逛吹笛的瘋子。」

我笑道：「大漢和匈奴犯了案的人，或者不願意受律法束縛的狂傲之人，往往都聚集到西域。此處國家多，勢力彼此牽扯，是個魚龍混雜的地方，幾個瘋子很正常。」

我游向岸邊，霍去病心不甘情不願地隨在我身後。

笛音一變，從歡喜變成了哀傷，彷彿一個沉浸在往日喜悅記憶中的人，忽然發現原來一切都已過去，驀然從喜到哀，一點過渡都無。

我心裡驚嘆此人吹笛技藝之高，也被他笛音中的傷心觸動，不禁極目向笛音傳來的方向看去。

一輪皓月當空而照，一匹雪白的駱駝正奔跑在漠漠銀沙上，蹄落不生塵，迅疾可比千里馬，竟似和汗血寶馬齊名的天山雪駝。

一個身穿月白衣袍的人騎在駱駝上，橫笛而奏，烏髮張揚在風中，寬大的衣袍隨風獵獵而舞。如此張揚的姿態，在此人身上卻依舊透著文雅溫和。皎潔的月色流轉在他的身周，卻驅不走縈繞在他身上的孤寂傷心，他的笛音把整片大漠都帶入了哀傷中。

霍去病笑讚，「玉兒，他根本沒有驅策駱駝，而是任由駱駝亂跑，和老子那傢伙騎青驢的態度倒很像，走到哪裡是哪裡。不過老子只是在關內轉悠，他卻好氣魄，把沙漠當自家院子一樣隨意而行。」

隨著越來越近的身影，我本就疑心漸起，此時心中一震，再不敢多看，匆匆扭頭欲上岸。

不一會，霍去病也認出來人，原本唇邊的笑意消失，沉默地隨在我身後游向岸邊。

駱駝停在月牙泉邊，九爺握著笛子默默看著泉水和沙山，一臉寂寥，一身清冷。圓月映照下，只有他和泉水中的倒影彼此相伴。

他抬頭看向沙山，似乎想起什麼，忽地一笑，可笑過之後卻是更深的失落。

我隱在沙山的陰影中，身子一半猶浸在水中，再走兩步就是岸邊，卻一動不敢動。霍去病也靜

靜立在我身側，寂靜中只聽砰砰地急亂心跳，不知道是他的還是我的。

駱駝噴了噴鼻子，從地上叼起一件衣袍，衝著我們藏匿的方向叫起來。九爺的手中迅速出現一個小弩弓，對著我們藏身的方向含笑道：「不知是何方君子高人？」

我仍然不想面對，霍去病卻再難忍耐，笑著走了出去，「孟兄，我們『夫婦』二人本就是尋你而來，不料卻夜半相逢。」我也只能隨在去病身後，默默走出。

九爺看到霍去病半裸的上身，臉色蒼白，一時怔怔地忘記移開弩弓。在我身上匆匆一瞥，立即轉開視線，低頭從掛在駱駝上的袋子裡抽了件袍子遞給霍去病。

霍去病剛說了聲「不用」，又立即反應過來，袍子不是給他的。他扭頭看向躲在他背後的我，我身上的衣服因為泡過水，此時全貼在身上。

「多謝。」霍去病幾分無奈地接過衣袍，轉身給我披在身上。

九爺緩緩收起弩弓，唇邊帶出一絲苦笑，「上一次，我也是用這把弓，在這個地方指著妳。」

霍去病側頭看向我，我攏著身上的衣袍，低頭看著地面一聲不吭。

三人之間怪異地安靜，我急欲打破我們之間的沉默，匆匆道：「九爺，我們是來看……孩子的。」

孩子已經一歲多，我們卻連名字都沒有起。

九爺眼中帶了暖意，笑道：「未經你們許可，我就給他起了個小名，單字逸，我們都叫他逸兒。」

霍去病道：「逸，既可解為隱伏遁跡，也可解為卓越超拔。這個名字很好，大名也做得，以後他就叫霍逸了。」

大恩難言謝，去病雖一直沒有說過謝，可他特意用九爺起的名字給兒子命名，對九爺的感謝之心盡表。

九爺看向我，好似根本沒有聽到霍去病的意見，只是問我的意思。我道：「我很喜歡這個名字。」

他淡淡一笑，未再對名字多言。「我已命人把逸兒從天山接來，你們要去見他嗎？」

霍去病和我相視一眼，彼此都心神激動。他沉吟了一瞬，「來回一趟，要明日太陽落山前才能趕回，時間耽擱太久。玉兒，妳再忍耐一下，別的事情耽擱就耽擱了，可此事我不想出一點差錯。」

近在咫尺，卻不得相見，我強笑著點了下頭，「我明白。一年都忍了，這幾日難道還不能忍？」

霍去病和九爺交換了一個眼神，定聲道：「玉兒，我向妳保證，妳馬上就可以和逸兒團圓。」

九爺淡淡笑著，眼中的落寞卻越重，視線從我臉上一瞟而過，「那我等你的消息。」說罷驅策駱駝轉身離去。

霍去病揚聲問：「我們到哈密後如何尋你？」

天山雪駝迅即如風，轉瞬間九爺的身影已遠去，聲音遙遙傳來，「玉兒一進城，自會找到

我。」

霍去病瞟了我一眼，卻沒有多問。這兩人一見面就如高手過招，傷人於無形，我小心翼翼地左躲右閃，卻還是一不小心被劍氣波及。

其實我壓根不明白，為什麼九爺說我一進城就能找到他，所以也無從向霍去病解釋，只得苦笑著思索，想盡快轉開話題，沒想到卻讓我找到剛才沒留心的話語，「咦？你怎麼知道九爺落腳哈密？」

霍去病一怔，眼睛看著別處道：「附近最大的城池就是哈密，所以我就猜他在哈密了。」

「格爾木不也挺大的嗎？」

「玉兒，妳見了逸兒，最想做什麼？」霍去病不答反問，用一個我幻想了無數次的話題把我的心神引開。我心中雖有疑惑，但覺得他不說自有他的理由，不願再深問，順著他的意思，回答著他的問題。

第三十八章

逍遥

餘願已盡，君意已了。
黃沙漠漠，各尋逍遙。
白雲悠悠，物過人老。
今日一別，相見無期。

霍去病打起仗來義無反顧，反倒對見逸兒的事情左思右想，唯恐有任何疏漏。每次我一問，他就細細分析各種潛在的危險。

我覺得他太過謹慎，以至於有些杞人憂天，但考慮到他想見兒子的急迫心情不見得比我少，遂克制著自己不再去問，靜靜等他覺得準備好的那一天。

等來等去，等到的卻是衛伉出了意外。

根據探子回報，阿克塞附近有匈奴殘餘勢力出沒，霍去病卻不願多管。一則，他認為這些匈奴

殘軍已經不能算作匈奴軍隊，他們都是戰爭中臨陣逃脫、違反了軍紀的人，因為怕受懲罰不敢回匈奴，只能淪為盜匪，以搶劫為生。而捉盜匪是當地官府的責任，是西域諸國自己的內政。二則，他不屑去捉幾個強盜。

可衛伉卻顯然不同意他的想法，為此還和霍去病起了爭執。

軍中的下屬左右為難，一個是衛青大將軍的兒子，和太子親密，還是霍去病的表弟；一個是驃騎大將軍，如今聖眷正如日中天。兩人雖然在爭吵，可畢竟是血緣之親，指不準一轉身又和好了。所以連趙破奴都不願意介入這場表兄弟之爭，個個唯唯諾諾，能避多遠就多遠。

霍去病對衛伉忍讓多時，實在不耐煩，冷聲道：「現在我是領兵的將軍，還輪不到你指手畫腳，等有朝一日你有那個本事領兵時，我自然聽從你的命令。」

一句話把衛伉所有未出口的話都堵了回去，衛伉恨恨盯著霍去病，嘴裡低聲嘟囔：「畢竟不是姓衛，與我們根本不是一條心，父親養大了一條狼。」

霍去病冷冷地盯著衛伉，一言不發。

我暗嘆一聲，如果不是霍去病身上流著衛氏的血，十個衛伉也早被他殺了。

衛伉與霍去病對視了一會，忽地一笑，優雅地向霍去病行了一禮，「驃騎大將軍，末將先行告退。」轉身掀簾而去。

他和霍去病爭鋒相對時，我沒覺得什麼，可他剛才的一笑卻讓我背脊一陣寒意，總覺得心裡怪怪，可又說不出來哪裡怪。

本以為事情至此算完結了，卻沒想到衛伉竟然膽大到私自帶兵夜襲阿克塞，待霍去病知道時，已經是第二日清晨。

霍去病氣怒道：「等他回來，立即讓他滾回長安。」

我和趙破奴相對苦笑，「還要他有命回來。阿克塞附近歷經幾千年的日曬風吹，形成特殊的地貌，沙柱崖壁交錯迂迴，自成迷宮，到了夜晚更是飛沙走石，如同厲鬼嚎哭，被當地人叫做烏爾蘇魔鬼城。如果盜匪聰明地把他們誘進鬼域，躲在暗處射冷箭，不費吹灰之力，只怕就是全軍覆沒。」

霍去病罵歸罵，人卻還是要救。我想跟去，可他執意不讓我去，「我在幾萬匈奴人中都來去自如，妳還擔心幾百個強盜能傷著我？我和趙破奴同去，營中沒有信得過的人，妳幫我守著軍營。」

他態度堅決，說得也有道理，我只能答應。「不管有沒有救到人，一定要趕在天黑前退出烏爾蘇魔鬼城。」

他笑點點頭，策馬要走，忽地一回身凝視著我，俯下身子，在整隊待發的幾百名軍兵眼前親了下我的額頭，「很快就要見到逸兒了。」

「什麼？」我顧不上害羞，滿心疑惑地問。

他的馬已如羽箭一樣疾馳而出，滾滾煙塵中，數百兵士消失在天盡頭。

◈　◈　◈

從清晨等到正午，從正午等到傍晚，我的心越來越不安。在屋中走了幾圈後，猛地衝出了屋子，剛翻身上馬就聽到遠處的馬蹄聲。

我心下一鬆，暗嘲自己多慮，這裡不是長安，只要不是夾雜著親情的權術陰謀，沒有什麼能絆住霍去病的步伐。

我匆匆迎上前，「衛伉安全嗎？」

趙破奴臉色慘白，沒有回答我的問題。我也已經看到神情有些萎靡和惶恐的衛伉，還有臉色陰沉的任安。可任安的陰沉不同於往日，竟像那天霍去病射殺李敢後，他看向霍去病的神情，陰沉中透著隱隱得意。

我不自禁地退後了兩步，聲音顫著問：「去病在哪裡？」

趙破奴低下頭，沉默地讓開路，眾人也隨著他的舉動讓開道路。兩個兵士抬著擔架小步跑著上前，霍去病毫無聲息地躺在擔架上，臉容蒼白，一動不動。

我腿一軟就要跪倒在地，趙破奴忙伸手扶我，一旁的軍醫探了霍去病的脈，匆匆道：「將軍還活著。」

我扶著趙破奴的胳膊，深吸了幾口氣，強迫自己站直身子，「怎麼回事？有多危險？」

趙破奴遞給我用布包著的兩枝箭，「將軍為了救衛侯爺，冒險進入了烏爾蘇魔鬼城。因為對方熟悉地形，我們很難找到他們的藏身處，裡面地形狹窄，我們不能集團作戰，只能分頭迎敵，混戰中將軍身中兩箭，不是要害，但……但箭上有毒。」

我一時激怒悲憤，手下力量過大，兩隻箭被生生扭斷，我隨手丟了箭，轉念間又用布包好。低頭撿箭時，看到任安和衛伉臉上的一絲喜色一閃而過，剎那又露了失望。

我對趙破奴道：「麻煩將軍讓他們都散了吧！」

不一會，眾人沉默地散去。衛伉期期艾艾地問：「可需要幫忙？我們要立即回長安嗎？也許那裡有更好的大夫能解毒。」

我盯著他的眼睛，從齒縫裡一字字擠出來，「我只想你立即消失在我眼前，否則我怕我一時忍不住會廢了你。」

衛伉立即勃然大怒，衝過來就想動手。趙破奴剛想拽著我躲開，任安已經攔住了衛伉，強拖他離開。趙破奴剛才一直很克制，此時盯著他們背影的眼中也是熊熊怒火。

「和盜匪的戰爭中，衛伉和任安是否拖了後腿？」

趙破奴垂下頭，低聲道：「當時地形複雜，末將沒有看清楚，不敢亂說。」

軍醫檢查霍去病身上的傷口。我蹲下身子，雙手握住了霍去病的手。他的手握成拳頭，觸手冰涼，我一面輕搓著他的手，一面緩緩掰開他的手掌，忽看見他掌中有個鮮血寫的「一」字。已經有些模糊，乍看倒更像拚鬥中無意的一個劃痕，但因為我對這個發音極其敏感，立即想到了別處。

「拿些水來，將軍手上有血。」我一面把霍去病手上的血跡擦去，一面皺眉沉思。

軍醫長嘆了一口氣，跪在我面前，「姑娘設法盡快回長安吧！兩枝箭是兩種不同的毒，小人無

能，竟然一種都無法辨別。」

「你能保證到長安前不會毒發嗎？將軍還禁得起幾日幾夜的顛簸嗎？」我忍著淚問。

軍醫的頭越垂越低，我的心也隨著他的垂首漸漸墜落。握著去病冰冷的手，成為唯一支持繼續面對一切的力量，我一定要堅強，我還要把他的冰冷驅除。

「你先下去吧！」

我默默思量了一會，「趙將軍。」

「末將在！」

「立即命可靠的人回長安帶最好的太醫過來。封鎖整個朔方城，不許任何人進出，絕對不許消息洩漏，你知道不敗戰神霍驃騎，對匈奴和西域各國意味著什麼嗎？」我從霍去病懷中掏出兵符，遞給他，「如果有人想私自出入，斬！」

趙破奴思量了一瞬，半屈膝跪下接過兵符，卻猶豫著沒有立即說話。我道：「如果衛伉和任安要鬧事，你斬了任安，衛伉也就鬧不起來了。殺雞儆猴的道理你應該懂，我要想殺衛伉，也不會選擇這個時機。」

趙破奴神情一鬆，眼中卻帶了困惑，忙道：「末將明白。」

「以驃騎大將軍的名義徵召西域各國以及民間名醫，表面上就說……就說……一個隨侍在他身側的女子誤食毒果，但暗中隱密地洩漏出是霍嬗的母親。」

「是！」

「西域各國的大夫到後，只許進不許出。把軍中大夫分成兩撥，輪班日夜守候在屋外，隨叫隨到。目前就這些事情了。」

趙破奴起身要走，我卻一屈膝跪倒在他的面前。他大驚之下急急要扶，碰到我的胳膊時，臉漲得通紅，手簌簌地有些抖。

「趙將軍，兩次相幫，大恩不能言謝，金玉只能銘記在心。」

他驀地站起，急急向外跑去，「妳不用如此，我一定會盡全力的。」

人都走了，屋內只剩下我和去病。我臉上的堅強剎那崩潰，抓起他的手湊到嘴邊咬了下，卻終究捨不得狠咬，「去病，如果這是你和九爺設置的圈套，我一定一年不和你說話……你竟然如此嚇我……」

話沒有說完，眼淚已滾了出來，「不，只要你平安，我什麼都不計較……我不生氣，只要你平安……」

眼淚一顆顆滴落在他的掌心，匯聚成一彎淚潭，映著自己煞白的面孔，滿眼的煎熬和痛楚。

大漢現在的威儀的確對西域各國震懾十足。十年前漢朝商人過西域時，還常常被欺負，甚至大漢使者張騫都被拘禁。可如今霍去病的一句話，就讓西域各國紛紛派出宮內最好的太醫，並且急急從民間召集大夫。

以九爺在西域的勢力，應該消息一傳出就能收到。但最早到的卻不是九爺，我心中對他們兩人是否合謀的猜測越發懷疑，只有在他明知消息是假的情況下，才會不急著露面，讓整個布局發展無

懈可擊。

第二日中午，一個滿臉皺紋、鬍子老長的老頭佝僂著腰，拄著拐杖，一瘸一拐地出現在我面前，身後還隨著兩個捧藥箱子的學徒，都穿著從頭罩到腳的寬大黑袍，連胖瘦也不可辨。

領他們進來的侍衛道：「這是依耐國派來的太醫。」

我和老頭的視線一觸，忙匆匆轉開，對侍衛吩咐：「你先下去。老規矩，大夫看病期間不許任何人接近屋子。」

看侍衛轉身出去後，我又到簾子旁確定了一下他們是否把守嚴密，轉身一句話不說地走到霍去病榻前坐下。九爺只是一聲輕嘆，沒有解釋地默默跟在我身後。

九爺探著霍去病的脈，臉色忽地大變，一瞬間額頭竟有汗珠沁出。

「你們究竟想怎麼樣？那群強盜是你的人假扮的？」

九爺把脈的時間越長，神情越震驚，到後來手都在微微發顫，「玉兒，怎麼回事？霍去病怎麼會中了兩種毒？」

我見到他後，原本已經放下的心立即再次提到半空。煎熬了一日一夜，此時心情大起大落，眼前有些發黑，「難道不是你的人射的箭？不是你們商量好的毒？」

九爺急急拆開包裹好的傷口，「左肩上的這一箭是我配的毒，但右臂的這箭卻另有他人。」

「我不管是誰射的，只求你趕快替他把毒解了。」我滿心焦急地嚷道。

九爺細細查看著傷口，我突然想起我還收著斷箭，忙拿出來給他。九爺將其中一枝箭湊到鼻端聞著，跟隨而來的僕人忙捧出各種器具供他試毒。

半晌後，他仍在研究從箭上刮落的木屑。時間越長，我心中越怕，滿腔希冀地問道：「你的醫術不是很好嗎？你肯定能解這個毒吧？」

一旁的僕人極其不滿地瞪了我一眼，做了個禁聲的手勢，嘴裡嘀咕了一句我聽不懂的話。我立即反應過來，是我心太急了。

「對不起，我不該……」

九爺搖搖頭，「玉兒，妳不用對我說這些話。箭上的毒藥叫七日瘟。叫它七日瘟，是因為此藥從下毒到身死只需七日，死後症狀很像感染瘟疫而亡。此藥由七種毒藥配製而成，解藥恰恰也是這七種毒藥。但煉製過程中，七種藥物以不同的順序投放，則解藥必須以相反的順序煉製。」

九爺的語氣沉重，我心中透著冰寒，聲音乾澀地問：「你能確定順序嗎？」

九爺眼中滿是傷痛和自責，「我現在不能。世間的毒藥一般都只要判斷出成分，就可以根據症狀嘗試解毒，可七日瘟卻因為不僅和分量相關，還和投放順序相關。而且不同的順序，症狀卻基本相同，讓人很難推斷出解藥。七日瘟因為太過陰毒，基本不給中毒的人活路，有違天道，所以配方幾經銷毀。我都以為此藥已經消失，沒想到卻又再現。」

「可以嘗試嗎？如果順序配錯的解藥飲下，會怎麼樣？」

九爺沉默了一瞬，「會催發毒藥的發作，存活的時間會減少。」

我雙手捧著臉，滿心哀慟和恨意。為什麼？為什麼會這樣？

「你們原來的計畫是什麼？」

九爺一面替霍去病解他下的毒，一面道：「霍去病讓我幫他脫離宮廷，他前後考慮後的唯一方法就是以死遁世，否則首先皇上不會放他。皇上對他愛才到不惜違背大漢律法，寧可自己的千秋名聲被後世指責，也要包庇他射殺李敢的事情，怎麼可能輕易讓他辭官？再則，朝中有心要他死的人，絕不會因為他辭官就放棄。還有他和衛氏之間，只要他在一日，就脫不去干係，而他卻對衛氏已徹底心死。事先不告訴妳，是因為霍去病覺得妳肯定不會同意他以身試毒，即使他覺得萬無一失。」

九爺指著其中一個隨來的僕人，「他叫滕引，是依耐國的死因，我許了他的家人重金，他答應任由我處置。」九爺說了句我聽不懂的話，滕引立即把罩著全身的黑袍脫去。

「玉兒，妳看他的身形。」

「和去病有七、八分像，如果再穿上衣服，不看臉面和皮膚，可以假亂真。」

「我下的毒在臨死前全身皮膚會變黑，面目五官開始潰爛，七日瘟也有這個效果。」

「所以你們就設計了這個計策，從去病請求到西域來，他就一步步誘導衛伉，利用衛伉的性格完美地推動計謀發展，同時他又是最有力的見證人。」我說到此處，想著近幾日發生的一幕幕，腦中電光一閃，一切變得分明。

「可是你們聰明反被聰明誤，兔子急了還會蹬鷹，何況出身尊貴的衛伉？人家無意間利用了你們的計畫，策畫了一場完美無缺的暗殺。」

我立即起身向外行去，「我去找衛伉拿解藥。」

「玉兒！」九爺喝住了我，「他不會給妳。他若承認，就是以下犯上，肯定是死罪。皇上對衛氏正苦於找不到機會打擊，這麼一個千載難逢，既能加深霍去病和衛青的矛盾，又能打擊衛氏的機會，皇上絕不會放過，一定賜死衛伉。既然橫豎都是死，衛伉絕對不會承認。何況這藥是西域祕藥，一般根本就不會有解藥。」

「我不信逼不出任何消息。」

「玉兒，這是軍營，雖然霍去病是大將軍，可衛伉是衛青的長子，這軍中有一半的人本就支持他，另外一半人雖然心向霍去病，可如果妳在沒有任何證據的情況下，想用酷刑逼迫，定會激起兵變。到時僵持不下，解藥拿不到，還會耽誤時間。我們只有六日了。」

我懼怕哀慟憤怒諸般情緒混雜，猛地轉身朝他叫道：「你這也不行，那也不行，那怎麼辦？怎麼辦……」

說著眼淚沒有忍住，已是滾滾而落。他眼中透出悲傷憐惜和痛楚，「霍去病在妳心中很重要，比……比任何人都重要，對嗎？」

我扭轉了身子擦淚，沒有回答他的問題。

九爺在身後道：「玉兒，別哭，我一定把霍去病還給妳。給我五天時間配製解藥，如果五天後，我還沒有拿出解藥，妳怎麼做我都幫妳。」他的語聲平緩淡漠，沒有夾雜一絲感情起伏，竟像臨刑前已經心死的囚犯。

我的嘴唇動了下，想要說話，卻一個字說不出來。

他低著頭，拄著拐杖向外行去，「通知趙破奴將軍，准許我出入軍營，再給我一個清靜的地方。配製解藥的過程需要絕對安靜和心靜，妳不要來打擾我，我有了結果自會找妳。」

他因為扮作老頭，所以刻意佝僂著腰，可此時我卻覺得那彎著的腰不是假扮，而是真的因為不堪重負。

我心中一痛，剛想叫「九爺」，身後的霍去病微弱地「哼」了一聲。我顧不上和九爺說話，忙轉身撲過去。霍去病眉頭鎖著，似有很多痛苦，我替他輕揉著眉頭。待回頭時，九爺不知何時早已離去。

◈ ◈ ◈

生命中從沒有過如此痛苦的五天，每看到太陽墜落時，我都覺得心中最寶貴的東西被一點點帶走。等第七日太陽落下時，我是否也會隨著太陽墜入永恆的黑暗？

每一天看著太陽升起時，我卻又覺得人生總會有希望，一遍遍對自己說，去病說過會保護我和孩子一輩子，九爺答應要救活去病，他們都不會食言！

幾次走到九爺的屋外，卻不敢進去，有一回聽到裡面發出痛苦的呻吟，我剛想衝進去，可隨九爺而來的薩薩兒已經攔在我面前，一句話也不說，只眼神陰沉地示意我離開。

我大叫著問：「九爺，怎麼了？」

好一會後，屋內才傳來一把疲憊的聲音，「我正在用膣引試毒，不能分神。一有消息，我會派人叫妳。」我只能轉身離去。

第五日晚間，薩薩兒來通知我把霍去病移到九爺住處，卻不許我進入。

我在屋外叫道：「九爺，九爺，為什麼不讓我進去？解毒的過程會很痛苦嗎？不管場面怎麼樣，我一定要陪在去病身邊。」

屋內沉默了一會，九爺的聲音傳來，「妳進來吧！」

薩薩兒讓開道路，我急急向屋子跑去。一掀簾子，屋內居然一團漆黑。我正納悶著，鼻端聞到一股異香，身子立即軟軟地向地上栽去。

我永遠不會想到九爺會設計我，昏迷前只感覺有雙手扶住了我，「九爺，為……為什……」

不知道昏迷了多久，半清醒時心裡反反覆覆都是「為什麼」，我一時還不明白自己在問什麼，忽地想起一切，大叫一聲「為什麼」，猛地坐了起來。

屋內守著我的薩薩兒被我嚇得叫了一聲，憎惡地瞪著我。我四處一看，只見一人躺在我身邊，我倆被並排放在榻上，手也是彼此相疊。

我唬得一跳，又立即認出是去病，輕輕握住他的手。他掌上黑氣盡退，呼吸平穩，顯然毒已經解了。我大喜之下，反而不知道該做什麼，只能呆呆望著去病。

「玉兒？」

去病緩緩睜開眼睛，迷惑了一瞬，立即反應過來，「孟九救了我？」

我猛地撲到他懷裡，眼淚一下湧了出來。他趕著替我抹淚，「計畫出了意外，對不起，嚇壞妳了吧？」

我只是落淚，一句話都說不出來。

薩薩兒在一旁拚命咳嗽，我這才想起屋內還有別人，忙直起身子，「九爺呢？」

薩薩兒雖然聽不懂我說什麼，卻猜到我的意思，板著臉遞給霍去病一方疊好的白絹，又指了指躺在角落的塍引。塍引打扮得和霍去病生病時一模一樣，臉上的肌膚已經變得烏黑，隱隱還透著臭味傳來。

「霍去病：

計畫雖有波折意外，卻還算順利。其餘一切就看玉兒如何演一場戲了，為她捨下孩子不回長安找一個理由。

逸兒交由謹言和慎行暫時照顧，賢伉儷處理完一切事宜，再去接他吧！

餘願已盡，君意已了。黃沙漠漠，各尋逍遙。白雲悠悠，物過人老。今日一別，相見無期。

孟西漠字」

霍去病看完後，一言不發地又遞給我。

九爺居然不告而別?相見無期?

他把我和霍去病並排放在榻上，讓我們雙手相握，這就是他最後的祝福嗎?

恍惚中，只覺脣齒口鼻間都是他的氣息，卻知道那只是悲傷中的幻覺。

這一次，他真正離開了，徹底放棄地離開了!再不會出現在我的生命中!

金玉，妳應該高興的，只有今日的放手，他才有可能伸手去抓住也許明天，明天的明天，明天的明天的明天出現……的幸福。

金玉，妳應該高興的……

◈ ◈ ◈

長安來的太醫不僅束手無策，而且一開始死活不相信這是毒物引起，居然說是感染類似瘟疫症狀的怪病。我大怒著轟走了被扣押在軍營內西域各國的太醫，而依耐國的薩薩兒也穿著從頭蓋到尾的黑袍離去。

而我守著面目已開始腐爛的霍去病，人怔怔發呆。

軍營內氣氛肅殺，人人臉上都帶著悲哀，而隨著大夫的離去，霍去病將死的消息也迅速傳遍西域，整個西域都在沸騰。等消息傳到匈奴，傳回長安時，天下又會怎麼樣?

「趙將軍，我們起程回長安吧!去病應該也想再看看長安，那是他從小生長的地方。」

沒有人反對，就是衛伉也表面上全力配合，全速向長安的方向趕去。

天的盡頭，一輪火紅的落日正在緩緩西墜，太陽還沒有完全落下時，霍去病永遠睡了過去，再不會醒來。

一代不敗的戰神，在將匈奴徹底逐出漠南後，在生命最燦爛的二十三歲時消逝。可因他而得名的武威、酒泉、張掖等郡縣，將永遠記載著他曾經的功勳。

千載之後，河西大地依舊處處有他的足跡。

雪山融水曲折而來，仿若銀河九天落，奔騰在千里大地上，發出如萬馬怒嘶的聲音。

上千軍士全跪在地，就是任安和衛伉臉上也露了哀憫。任安神色複雜地長嘆了一聲：「天之驕子，一代奇才！失之，國之哀！」面朝霍去病的屍身跪了下來，沉重地磕了三個頭，待抬頭時額頭已經流血。

趙破奴看我抱著霍去病，整個人好像化作了石雕，一動不動地坐了整夜。他一直默默地守在旁邊，也沒有任何人敢上前驚擾我。

東邊天際慢慢露了一線白，趙破奴猶豫了半晌後，上前小聲叫著：「金姑娘，將軍他已經走了，現在天氣還熱，我們應該盡快趕回長安，妳……妳不要……」

我抬頭間，眼眶中滿是淚水。一顆，一顆，毫無緣由地墜落，竟然越落越急。

他走了，是，他走了！從此相見無期。

袖中，霍去病怕我哭不出來，為我準備來偷擦眼睛的生薑片根本沒有用到，我強壓在心中的淚水此刻全奔湧而出。

我放下霍去病，朝河邊走去。

其他人都沒有反應過來，仍跪在地上。趙破奴驀地反應過來，急急想拉我。我一回身，匕首抵在胸前，一面急速後退，搖頭示意他不要接近我。

趙破奴一臉哀慟，急急叫道：「金姑娘，妳千萬不要做傻事。」

「回長安後，幫我給皇上磕三個頭，就說：『孩子既有皇上代為撫育，金玉就不在人世間多受幾十年的相思苦了』。」

話說著，我已把匕首用力插進了心口，隨著鮮血的滴落，我的身子翻向河中，轉瞬被湍急的河水吞沒。只聞岸上一聲巨大的吼叫「金……玉……」，隱隱迴盪在天地間。

◈　◈　◈

霍去病抱著渾身濕淋淋的我，幾步躍上馬車，拿帕子替我擦頭髮，「眼睛這麼腫，看來哭得夠傷心。拜他們所賜，一切不可能更完美了。衛伉他們肯定不會疑心，差不多就行，妳又何必如此賣力的演戲？」

我緩緩撫過精美的匕首，當年於單費心贈送的禮物，冥冥之中重回我手，似乎只為了成全我的幸福。於單，謝謝你！

「去病，我們去哪裡？」

「先去哈密接兒子，然後天高任鳥飛，海闊憑魚躍，怎麼盡興怎麼活。不過在這之前，我們先去找狼兄。牠的年紀也大了，與其等著過兩年其他狼挑戰牠，不如現在主動辭去狼王一位。我們一塊去祁連山，我此生唯一沒有兌現的諾言就許在那裡，我要在祁連山下，在妳阿爹的墓前，請狼兄夫婦見證，行大婚之禮，兌現當年對一個人的承諾。雖然遲了很多年，但……」

我笑拍開他來摟我的手，撇撇嘴道：「自說自話！你怎麼不問問人家樂意不樂意？既是求親這樣的大事，卻沒一點正經。」

他忙彎身作揖，肅容問：「玉兒，妳願意嫁給我嗎？」

我扭過頭抿嘴而笑，不回答他。

「願得一心人，白頭不相離」，因為身邊的這個人，我知道自己是幸運的。

他等了半晌，正著急間，我輕點了下頭，他握住我的手，綻開的笑容如朝陽一般燦爛。

馬車外，一望無際的大地，廣闊無垠的天空，一輪紅日正冉冉升起。

——大漠謠（卷三）情飛祈連山　全書完

番外篇

傷隻影

這一生，快樂曾經離他很近，
但終究錯過了。
草原上的風夾雜著花草香，
吹過他的身子，勝雪白衣飄浮間，
只有地上的一個孤零零黑影變換相伴。

七日瘟的不同順序配方，表面症狀卻都類似，彼此間的差別很是細微。雖是如此，但如果有足夠的時間找人試毒，再根據霍去病的症狀仔細觀察，他肯定能找出解藥。

七種成分，不同的順序就有五千零四十種配方，還有分量的不同，再衍變出不同配方，總共超過萬種。

即使有夠多的人願意同時試藥，可不同體質的人對毒藥的反應不同，還要大夫熟悉試藥人的體質，然後根據體質差異做合理推斷。就算能找到上萬人以身試藥，至少也需要上百名醫術高超的大

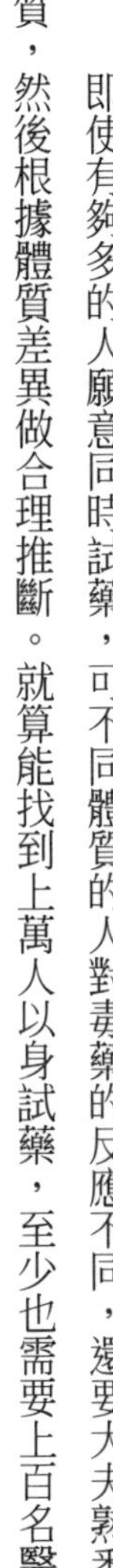

夫診斷。

現在卻只有五天的時間，五天中想靠試藥去配出解藥，完全沒有可能。

孟九想著想著苦笑起來，如果可能，七日瘟也不會被認為是有損天道的毒藥，而被西域各國嚴厲禁止。

他心中滑過玉兒的盈盈淚眼，淡淡微笑著，拿定了主意。就這樣吧！這是唯一的方法了。用自己的身體試毒，只有自己最直接的感受，才能最快找出症狀間的細微差別，然後盡可能逐漸推斷出可能的配方。至於能不能找出解藥，就只能一半靠人事，一半聽天命了。

薩薩兒和塍引跪在孟九身前不停磕頭，「釋難天，如果要試毒，求您用我們二人，萬萬不可自己嘗試七日瘟。」

孟九轉過了身子，語氣平淡，「我意已決，塍引準備熬藥器具，薩薩兒你在外面守著，不許任何人進來，尤其是……你白天見過的那個女子。」

◈ ◈ ◈

五天時間，他究竟服了多少種毒藥？一天十二個時辰，五天六十個時辰，他竟然在六十個時辰內服用了六百種毒藥，平均每個時辰就要服用十種毒藥。

為了盡可能爭取時間，他在塍引身上也試了毒，卻因為觀察症狀所耗時間長很多，五天只試了六十種毒。

也許是霍去病命不該絕，也許是他的誠心打動了天，第六百六十一種配方就是霍去病中的毒。試出解藥的那一刻，他笑了，鐵漢塍引眼中卻有了濕意。

是藥三分毒，何況是毒藥？毒藥加解藥，釋難天究竟吃進了多少的毒？這五天內身體的痛楚，塍引只不過嘗試了六十種便覺得五臟似被絞過幾遍，竟比當年在牢裡受的酷刑更可怕。可釋難天這個看似身子柔弱的男子，是怎麼承受下來的？他的身體裡藏著怎樣的一個靈魂？

服下解藥後，孟九從榻上坐起，拿了拐杖，起身吩咐薩薩兒去請金玉。話還未出口，他卻摔倒在地上，塍引趕著來扶他，他低聲道：「我自己起來。」

塍引還在遲疑，聞聲進來的薩薩兒卻熟知孟九的脾氣，立即拉著塍引退開幾步。

孟九試了好幾次都沒有站起，兩條腿完全不聽使喚。他撩起袍子看向自己的腿，一條本來健康的腿此時從膝蓋以下已經全黑，而另一條原本因經脈萎縮，不能正常行走的腿，反倒因為氣血無法正常通行，黑色要少一些。

孟九輕輕按著腿上的穴位，一面檢查著，一面臉上的血色全部褪去。

薩薩兒自小跟著孟九學醫，看到孟九的腿，又看了孟九輪換了幾種手法檢查，心中明白釋難天的腿在毒藥影響下，經脈已經全部壞死，那條完全健康的腿也會慢慢萎縮乾枯。

雖然釋難天醫術高超，下毒後就解毒，分寸拿捏極好，可短短五天內嘗試的毒藥太多，解藥也太多，體內點滴沉澱下的毒素，都被一次次的毒藥擠壓到腿部。

那可是上千種毒藥的混雜，此時只怕扁鵲再生也救不回釋難天的腿了。他想說些什麼勸解一下釋難天，可剛張口，淚已經衝出眼眶。

孟九原本臉若死灰，聽到薩薩兒的哭聲，反倒淡淡笑了，指了指一張椅子示意薩薩兒挪過來，「五天時間，老天給了我運氣讓我試出毒，這大概就是老天索要的報酬，很公平。去請玉兒把霍將軍帶過來吧！把她攔在外面，不要讓她進來。」

薩薩兒一臉激憤，那個女人究竟是什麼人？釋難天為她做了多少，又犧牲了多少，到了此時還不忍心讓她知道。但是釋難天的吩咐，他不敢半點違背，只能壓下一切悲傷和憤怒去請那個女人。

孟九聽到玉兒在屋外叫嚷著要進來，他知道攔不住她，只能決定放她進來。可解毒時，她只要看到自己的狼狽樣了，勢必會問他的腿怎麼了。

他命勝引熄滅了燈，玉兒進來的一瞬，他彈了迷藥。

❖　❖　❖

夜已過半，霍去病身上的毒完全清除。精疲力竭的孟九，默默凝視著並肩睡在榻上的霍去病和玉兒。

有風從屋外吹進，吹熄了蠟燭。屋內倒不覺得昏暗，皎潔的月色傾瀉而入，恰恰映在玉兒臉上，越發顯得膚色如玉。

距離這麼近，近得自己一伸手就可以碰到她。

可距離又這麼遠，遠得她永遠不知道他和她曾經有多近，又遠得今生再無可能。

初次相識時，那個衣衫襤褸、放聲大笑的少女。

長安城再次相逢時，那個心思細膩、談笑間照顧他於無形的女子。

她屋上賞月，他院內吹笛。

星夜探訪，卻在他窗外靜立不前的女子。

為了他去學吹笛，一片芳心全放在一曲《越人歌》中的女子。

從夏到秋，從春到冬，她種著鴛鴦藤，也種著她的心，種著對他的情。

當日笛子上的點點血跡，她的心痛，他以為只是人生的一個片斷，卻不料成了他一生的心痛。

原來一切都清晰得彷彿昨日發生，她擱下笛子，轉身離去的一步步，依舊踏痛著他的心……

鴛鴦藤前，為什麼自己會殘忍地把袖子從她手中一點點拽出？孟西漠，你當年怎麼可以對她如此殘忍？對自己如此殘忍？為什麼不可以放縱自己一回？

如果第一次聽到曲子時，他說了「好聽」。

如果她凝視他時，他沒有避開她的視線。

如果她握住他的袖子時，他沒有拽出。

如果她躍上牆頭時，他能開口解釋。

如果病中她抱著他時，每一句的許諾都是真的……

如果……如果……

人生偏偏沒有如果。

◈ ◈ ◈

不知道痴看了多久，屋內漸漸昏暗時，他才驚醒。

月亮已經要墜落，這是黎明前最後的黑暗。

新的一天要開始了，可他卻要永遠退出她的生命。

霍去病和她是這般匹配。他能陪著她縱橫四海，能馳騁萬里，能爬最高的山，渡最急的河，而自己……

孟九低頭看著自己的腿。

此後，這一生都只能依賴輪椅了。

◈ ◈ ◈

一方絹帕，卻是萬千心思。

他提起筆又放下，放下又提起，最終還是沒能寫下「玉兒」二字。

他無法和她訣別，只能以「霍去病」開頭。

玉兒一進哈密就能看到金色為沙漠，碧色為泉水的月牙泉形狀的醫館招牌，和當年她戴過的耳環一模一樣，她會立即明白到哪裡去接逸兒。

當日在月牙泉邊偶遇時，他因為霍去病故意在他面前重重說出「夫婦」二字而有幾分氣，也想看看霍去病看到玉兒對這個招牌有反應時的表情，此時他卻後悔用了這個招牌，他寧可玉兒永遠不要想起他。

當「相見無期」四個字寫下時，他臉上奇異地帶著笑，可笑容下的那顆心卻剎那間灰飛煙滅。

玉兒，這是我能做的最後一件事情了。以妳的性格，如果知道我雙腿因為替霍去病解毒而徹底廢掉時，恐怕再不能安心和霍去病去過你們的暢快生活，可我要看的是飛翔著的妳，不要看因為內疚虧欠而被羈絆住的妳。

清晨的陽光斜斜照進屋子，榻上的二人被一片紫醉金迷的華光環繞。

孟九微笑著想，他們的世界是屬於陽光的。

孟九握起了玉兒的手，遲疑了一瞬，緩緩低下了頭。

脣，深深地落在了她的脣上。

玉兒，原諒我做了小人，原諒我對自己的放縱……

她的脣和想像的一樣，甜蜜、芬芳、溫暖，可這個過程卻是永遠都沒有辦法想像得到的……是一種痛到骨髓的苦。

脣齒間的纏綿，口舌間的旖旎，是以絕望為烙印……

良久後，他抬起了頭，把她的手放在霍去病的手中，決絕地轉身，推著輪椅向外行去。

相見無期！

……在木棉樹空地上坐上一陣，
把巴雅爾的心思猜又猜。
在柳樹蔭底下坐上一陣，
把巴雅爾的心思想又想。
西面的高粱頭登過了，
把巴雅爾的背影望過了。
北面的高粱頭登過了，
把巴雅爾的背影從側面望過了。
東面的高粱頭登過了，
把巴雅爾的背影從後面望過了。
……

榻上的人兒還未甦醒，這一次她沒有看到他的背影，而他也再未回頭。

一人一駝緩步而行。天山雪駱雖然可以奔馳如電，但此後，因為他的腿，要委屈這匹神俊的駱駝了。

不過現在，他寧願牠慢點，再慢點。可即使再慢，雪駝依舊會帶著他一步步遠離她。

碧空萬里，綠草接天，陽光明媚。白色的羊群、黑色的駿馬，如散落的珍珠般，點綴在綠絨的地上。

矯健的牧人正縱馬馳騁，美麗的姑娘哼唱著牧歌，歌聲歡快愉悅，「……雲朵追著月亮，巴雅爾伴著伊珠，草原上的一萬隻夜鶯也唱不完他們的歡樂！」

他不禁停下了駱駝，怔怔聽著。

這一生，快樂曾經離他很近，但終究錯過了。

心如刀絞，一陣劇痛下，他俯在駝背咳嗽起來，半晌都抬不起身來，嘴裡一股腥甜，未及反應，駱駝雪一般白的毛皮上已落了幾點黑紅，原該是鮮紅的血，卻透著濃黑。他淡然地看了一眼，隨手揮袖替駱駝擦拭乾淨。

草原上的風夾雜著花草香，吹過他的身子，勝雪白衣飄浮間，只有地上的一個孤零零黑影變換相伴。

日出時的壯美色彩已經散去，此時聚散無常的天邊流雲恢復了白色，他心中忽有所悟，輕拍了下駱駝，催其快走。取出腰間的笛子，伴著牧女的歌聲吹起了曲子。

雨後霓虹，雲海日出，春日繁花，人世間的美景大都難以擁有，不過駐足時，曾經歷過的美麗

已經足夠了。

笛音清靈，和著牧女的歌聲直衝雲霄。孟九眉眼間的痛楚仍在，臉上卻帶著一個淺淺的笑。

縱是情深，奈何緣淺，但……不悔相思。

【後記】

再見大漢謠

寫完《大漢謠》已經好久，人卻仍然沉浸在金玉、霍去病、孟九的世界中。於是想透過這篇後記和這個故事說再見，想和喜歡這個故事的朋友分享一下寫作故事當中的感受。因為思緒零亂，也不打算寫出很條理分明的後記，各位朋友請只把這當作本人的囈語，隨便看看就好。

寫這個故事的初衷是因為我的第一部小說《步步驚心》。我寫那個故事，到最後，感覺猶如一隻籠子中的困獸，左衝右突想要衝出籠子，卻找不到任何出口。

人物的命運已經被宮廷的大環境，被人物的性格局限，我給了故事脈絡導向的結局，心中卻很是壓抑。然後在這種極度壓抑的狀況下，考慮寫一個基調明快張揚的故事，當我選擇時代的大背景時，目光投向了漢唐。是呀！這兩個朝代，我們是神采飛揚的，我們是自信的，我們是海納百川的。然後，《大漢謠》的故事誕生了。

劉徹時代的漢朝是積極擴張的，疆域在他手中一再擴大。我在想，一個民族用了這個朝代的名字來稱呼自己，可想而知，這個朝代對整個民族的影響。而這一切和劉徹、衛青、霍去病這些人密不可分。不管劉徹做過的諸多事情，但是在他手中，霍去病說出了「犯我大漢天威者，雖遠千里亦

必誅之。」這句話千載而下，依然讓聞者動容。

想要感受那個時代，那句話的力量，就需要簡單了解一下當時匈奴帝國的強盛。匈奴統治結構分為中央王庭，東部的左賢王，和西部的右賢王，控制著從里海到長城的廣大地域，包括今蒙古、蘇聯的西伯利亞、中亞北部、中國東北等。

如果沒有文景之治，如果沒有漢武帝的雄心激昂，如果沒有衛青、霍去病這些天才將星，漢民族會走向何處？

因為歷史沒有如果，所以我無法具體想像。但是當匈奴大敗給漢朝後，他們向北遠走歐洲。我們可以看一下之後的匈奴人對歐洲文明的衝擊：一，他們將當時最強盛的帝國阿蘭帝國滅亡，國王被殺。二，他們征服了日耳曼人所建立的東哥德王國，其遼闊的疆土東起至頓河，與阿蘭人接壤；西至德聶斯特河與西哥德人為鄰；南起黑海，北至德聶斯特河的支流，普利派特河沼地。三，匈奴人征服北方的日耳曼部落後，又奪取了匈牙利平原。由此，從黑海到多瑙河以北的大片土地盡入匈奴人之手，導致了羅馬帝國的滅亡。四，匈奴人對拜占庭和色雷斯各省的進攻，除東羅馬首都君士坦丁堡城外，讓東羅馬全軍覆沒，不得已與匈奴訂了城下之盟。

而這樣的匈奴卻是漢朝的手下敗將！

這一切讓我們從側面感受到了漢族的強盛和激昂。

寫《大漠謠》時，我一面感受著一個民族的崛起，一面遙想著那些周邊弱小民族的痛苦，和他們在面臨民族滅絕危機時的奮力抗爭。所以，筆下有了李妍這種螳臂擋車、明知不可為而為之的人物，也有了孟九這樣遊走在中間的人物。

墨子和莊子代表的兩種理念，成為孟九內心深處的矛盾。其實，入世和出世這種矛盾一直是亂世中文人永恆的心理掙扎。入世本身又分為消極和積極，出世也是如此。這也是後來為什麼結合了儒家的佛教思想，會受到中國文人喜愛，因為禪意給了他們亂世中精神退避的家園。孟九所處的時代，佛教還未傳入中國。孟九最後的選擇是積極中的避世。

李妍和金玉的人物塑造，是受一部電影《雙面情人》的影響。那裡面探討著人生的無數可能，在一輛地鐵前，你趕上了一部車，人生會是怎麼樣？趕不上，又會怎麼樣？李妍和金玉就是如此，她們有類似的命運，但是兩個人在人生的路口際遇不同，最後的人生截然不同。

霍去病和孟九，一個代表著整個民族飛揚激昂的進攻姿態，一個展示了時代巨輪下對個體關注的守護心態；一個代表著當時痛打匈奴的激揚民族精神，一個反映了在戰爭下呵護弱小民族的仁愛之心。

漢族反擊匈奴固然讓人熱血沸騰，但是戰爭殃及無辜也讓人無奈。那些史冊永遠不會記下名字的普通士兵李誠，那些因為戰爭流落異鄉賣身的西域歌舞女，那些遠嫁匈奴的漢家女兒，他們的遭遇是絕對不可以因為更高角度的利益，而被認為理所當然，因為生命只有一次！

對於孟九和李妍，他們的出身就決定了他們身分的尷尬。不管在任何空間和時間，不能和時代主流思想一樣的人，都會註定內心的痛苦與孤獨。

不過由於第一人稱所限，由於故事的定位，情節處理中，所有的矛盾其實淡化了，選擇了字面

的點到為止。比如孟九的思想痛苦，就是從金玉眼中，他書房的布置來側面描繪。一面是已經翻閱到殘破的《老子》、《莊子》，一面卻是恭敬地擺放著的《墨子》。而李妍的痛苦和掙扎，也由於採用第一人稱，淡化了很多。

寫霍去病，一個無法迴避的問題就是他的離奇死亡。司馬遷筆下對他的葬禮不厭其煩地細節敘述，可對他的死卻惜墨如金，一個字「死」，這種情況是很反常的。

文中引用了霍去病所做的琴歌：「四夷既護，諸夏康兮。國家安寧，樂未央兮。載戢干戈，弓矢藏兮。麒麟來臻，鳳凰翔兮。與天相保，永無疆兮。親親百年，各延長兮。」可以說我看到這首歌時，心中很震驚，因為這首歌表達了霍去病對停止戰爭的渴望，他並非傳說中的戰爭機器。其後霍去病請求冊封皇子的奏章，也讓人看到了他的另外一面。那言詞間的進退分寸把握和謙卑，與司馬遷筆下的飛揚跋扈根本就不像一個人。

我對霍去病之死的想法，在文中表達得很清楚。如果歷史是殘酷的，那麼霍去病和李廣、李蔡將軍一樣，不是死於戰場的敵我交鋒中，而是死於隱密的政治利益較量。這是所有喜歡霍去病的人最不願意看到的結果，我們寧可他死於戰場，也不願意看到一代將軍成為政治陰謀的犧牲品。

但是現實肯定地告訴我們，霍將軍不是死於戰爭中。至於那個傳說中的病死，如果是病死，鉅細靡遺的司馬遷又何必不寫明呢？可見司馬遷對這個病死也是不相信的。司馬遷被後世尊為一代巨匠，可在那個年代，他不過是一介文人，一個沒有權力的小人物，根本無法知道皇族的隱密，但是他的風骨又不允許他寫下連他自己都不相信的東西，索性只把「死」這個結果告訴後世。

另一方面，我越看霍去病的資料，越覺得此人聰明非凡。在《史記》、《漢書》和《資治通鑒》中，對霍去病的描繪，很多細節都是自相矛盾。比如一面記錄霍去病極度的奢靡浪費，惹得天怒人怨；一面又記下他拒絕劉徹賞賜他的府邸，說出了「匈奴未滅，何以家為？」的豪言壯語。一座府邸對於霍去病的出身，在他眼中算什麼呢？和原本奢靡的記述根本不符。不過一座屋子而已，怎麼就和成家扯上關係了？何況我相信當時霍去病的府邸也絕對不差。這是皇族陰影下的鬥爭，是司馬遷無法知道也無法撰寫的，他只能記下他表面看到的一切，留給我們許多的猜測、遙想和暗示。

一面是霍去病和衛青在軍中好像很明顯的矛盾，一面是霍去病為了衛青，不惜冒著死罪射殺李敢。因為這些細節上的矛盾，我的心中對他有了不同的揣摩，這些在文中基本描繪到了，我不再多言。所以有了故事中的結局。

因為我愛這個男子，一個身上洋溢著青春激昂的男子，我實在無法接受那些骯髒殘酷的陰謀，我在這篇文章中讓我的心去相信一種可能。

在古代，沒有DNA及發達的醫學檢測，沒有寫實的畫像，沒有有效的資訊傳播手段，只要夠聰明，以死遁世絕對有可能。所以他的才智，他的豪情，和當時的社會，允許我祝福他的另外一個傳奇人生。

當然也是這個男子的智慧勇氣和行事的出人意料、多變，懂權謀，卻視權力如糞土，讓我能夠從他留下的矛盾和歷史的點滴言詞中，相信這樣的可能。否則，我再喜歡霍去病，也無法給自己足

夠的信心去寫這個結局。也許就是又走入一個找不到出口的籠子。

不過，因為人物性格所賦予的精神，即使被困，也應該是能流完眼淚，抬起頭迎接朝陽的升起，這大概就是和《步步驚心》最大的不同。所以在《大漠謠》中，我很喜歡描寫日出，一次又一次。但是，我也無法排除霍去病的另外一個結局，因為很有可能在他想要遠離的過程中，還是被陰謀拖住了。所以，在處理最後一段霍去病替身死時的景物描寫時，我不自禁帶上了悲涼，因為那個結局也許……也許是真的。

有朋友曾經因為我筆下的霍去病和《史記》記述不一致，而覺得我把霍去病完美化了，其實恰恰相反。美化應該是如《史記》記述李廣，那樣的性格才是精神典範。先不說，這只是我個人對歷史的解讀，我自己一字字讀來，覺得唯有這樣，才可以詮釋史書字裡行間的那個人物的言行。

我沒有刻意美化，也沒有刻意醜化，僅僅是把我所理解的東西寫了出來，只是想把自己心中的感動、想法和一個故事講出來。

其實只從思想境界來說，一個因為生活奢靡浪費的人，和一個明知道軍糧不足，該把自己所得分賞給眾人，卻為了一己之私而不做的人，前者只是無心之過，後者卻很自私。對了，霍去病在我心中就是一個很會為自己打算的人，甚至必要時會在自己道德允許範圍內不擇手段。一如我的故事中，他隱瞞了孟九對金玉的尋找；一如史記中，他明明敬愛舅父，卻可以為了繼續出征打仗，不惜厚賞背叛衛青的人，讓劉徹看到他和衛青的對立。

可他又是有自己底限的，他會為了李敢打衛青而公然射殺李敢，雖然這一半是陰謀誘導，可一

半卻是因為霍去病本身的性格。霍去病的狡猾自私也才符合「兵者，詭道也」的千古定論。

一個完全只有勇猛的將軍，打一次勝仗，有可能，可次次都能把匈奴打敗的人，和用兵有道、作戰謹慎的衛青能並稱於世的大將軍，絕對不可能是只會勇敢衝鋒的將領。能說出「顧方略何如耳，不至學古兵法。」的霍去病深懂隨機應變、因地制宜的道理，他的性格中肯定有狡猾如狐的一面，絕對不會是司馬遷筆下只靠運氣和衝鋒勇敢就獲取勝利的人。

寫小說時，常常覺得人性真的很矛盾、很複雜，孟九的自傲自卑交雜的性格，霍去病豪勇衝動與謹慎小心交雜的性格，這些也許根本不協調的特質，卻因為生長環境影響，會出現在同一個人身上。這些在現實生活中也很平常，我們每個人身上都有矛盾，只是分為強烈和不強烈。可在寫作時，常常心中有意，卻落筆無力，常常會有遺憾，也真正明白為什麼即使很多優秀的大作家也會一而再、再而三的大修改文章。

作為這個故事的講述者，我很多時候都會因為太沉入故事，而恍惚覺得真的有一個叫金玉的女子，有一個叫孟九的男子，他們和霍去病在另外一個空間正上演他們的故事。書中的故事已經結束，而他們幾個人在書外的人生仍在繼續。

謝謝各位的閱讀，謝謝你們捧起這本書，選擇和我一起作了這個夢，謝謝你們耐心地讀完我這篇完全沒有邏輯，絮叨囉嗦，純粹心情隨筆的後記。

期待著與各位朋友在下一個故事的相逢。

桐華

茶蘼坊 6

作　　者　桐　華

總 編 輯　張瑩瑩
主　　編　蔡麗真

責任編輯　呂美雲
校　　對　仙境工作室
封面繪圖　李堃
美術設計　洪素貞(suzan1009@gmail.com)
封面設計　周家瑤
行銷企畫　黃煜智

社　　長　郭重興
發行人兼出版總監　曾大福
出　　版　野人文化股份有限公司
地址：231台北縣新店市中正路506號4樓
電子信箱：yeren@sinobooks.com.tw
發　　行　遠足文化事業股份有限公司
地址：231台北縣新店市中正路506號4樓
電話：（02）2218-1417　傳真：（02）2218-1142
電子信箱：service@sinobooks.com.tw
網址：www.sinobooks.com.tw
郵撥帳號：19504465　戶名：遠足文化事業股份有限公司
客服專線：0800-221-029
法律顧問　華洋國際專利商標事務所 蘇文生律師
印　　製　成陽印刷股份有限公司
初　　版　2010年12月
初版二刷　2010年12月

定　　價　220元

ISBN　978-986-6158-10-0　
歡迎團體訂購，另有優惠，請洽業務部（02）22181417分機120、123

國家圖書館出版品預行編目資料

大漢謠〔卷三〕情飛祈連山／桐華作——初版.
——臺北縣新店市：野人文化出版：
遠足文化發行，2010.12
256面；15×21公分.——（茶蘼坊；6）

ISBN　978-986-6158-10-0（平裝）

857.7　　99017763

大漢謠

野人

野人文化
讀者回函卡

姓　名　　　　　　　　　　□女 □男　生日

地　址

電　話 公　　　　　宅　　　　　手機

Email

學　歷 □國中(含以下) □高中職 □大專 □研究所以上

職　業 □生產/製造 □金融/商業 □傳播/廣告 □軍警/公務員
□教育/文化 □旅遊/運輸 □醫療/保健 □仲介/服務
□學生 □自由/家管 □其他

◆你從何處知道此書？
□書店 □書訊 □書評 □報紙 □廣播 □電視 □網路
□廣告DM □親友介紹 □其他

◆你通常以何種方式購書？
□逛書店 □網路 □郵購 □劃撥 □信用卡傳真 □其他

◆你的閱讀習慣：
□百科 □生態 □文學 □藝術 □社會科學 □地理地圖
□民俗采風 □休閒生活 □圖鑑 □歷史 □建築 □傳記
□自然科學 □戲劇舞蹈 □宗教哲學 □其他

◆你對本書的評價：（請填代號，1. 非常滿意　2. 滿意　3. 尚可　4. 待改進）
書名_____封面設計_____版面編排_____印刷_____內容_____
整體評價_____

◆你對本書的建議：

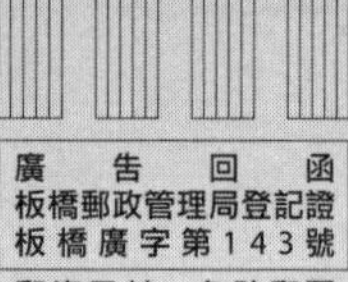

廣　告　回　函
板橋郵政管理局登記證
板橋廣字第143號
郵資已付　免貼郵票

野人

23141
台北縣新店市中正路506號4樓
野人文化股份有限公司 收

請沿線撕下對折寄回

野人

書名：大漠謠〔卷三〕情飛祈連山　　書號：0NRR0006